故宮裡的大怪獸

｜升級版｜

常怡 著

MONSTERS IN THE FORBIDDEN CITY

睡龍床的男孩

3

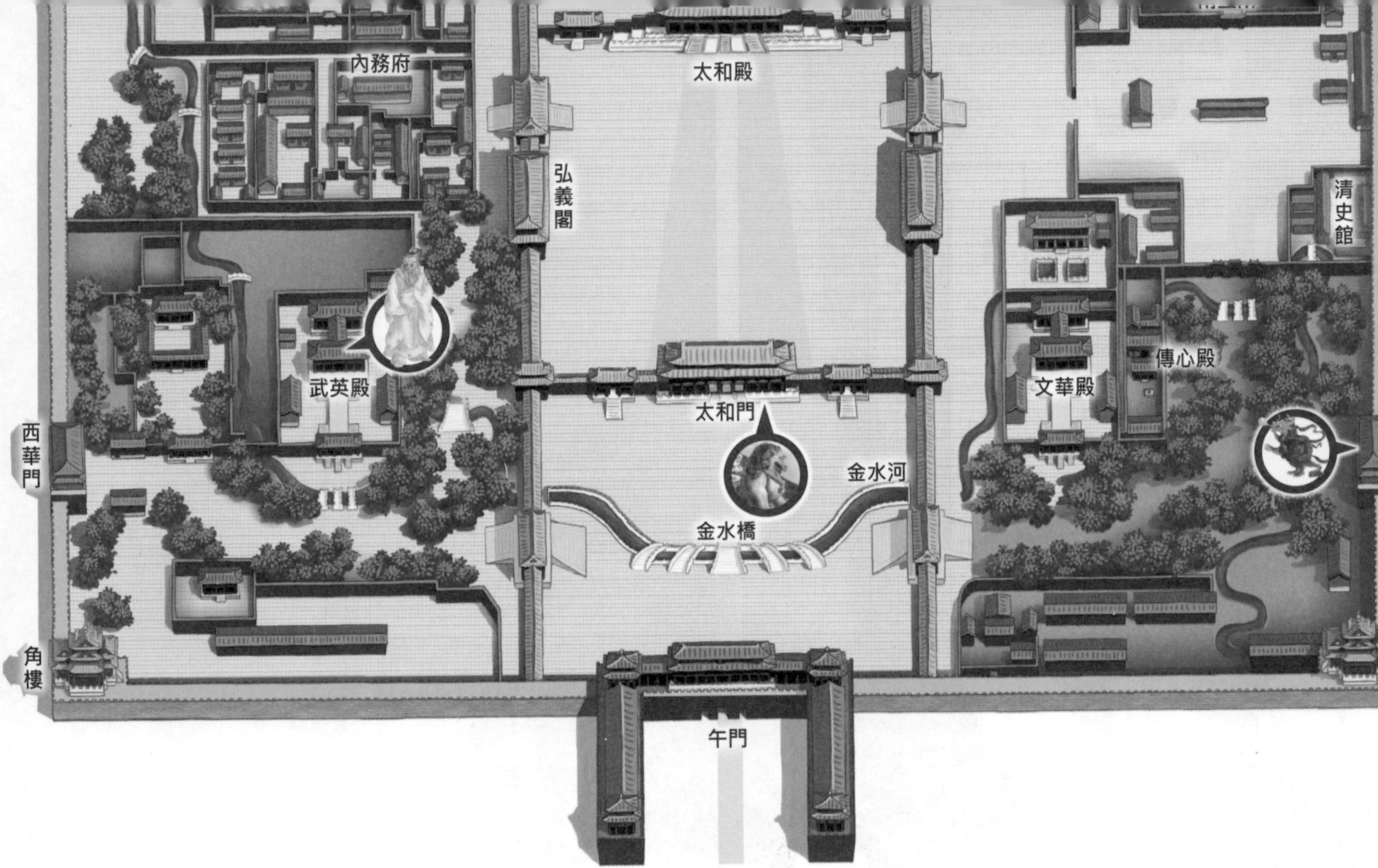

故宮怪獸地圖

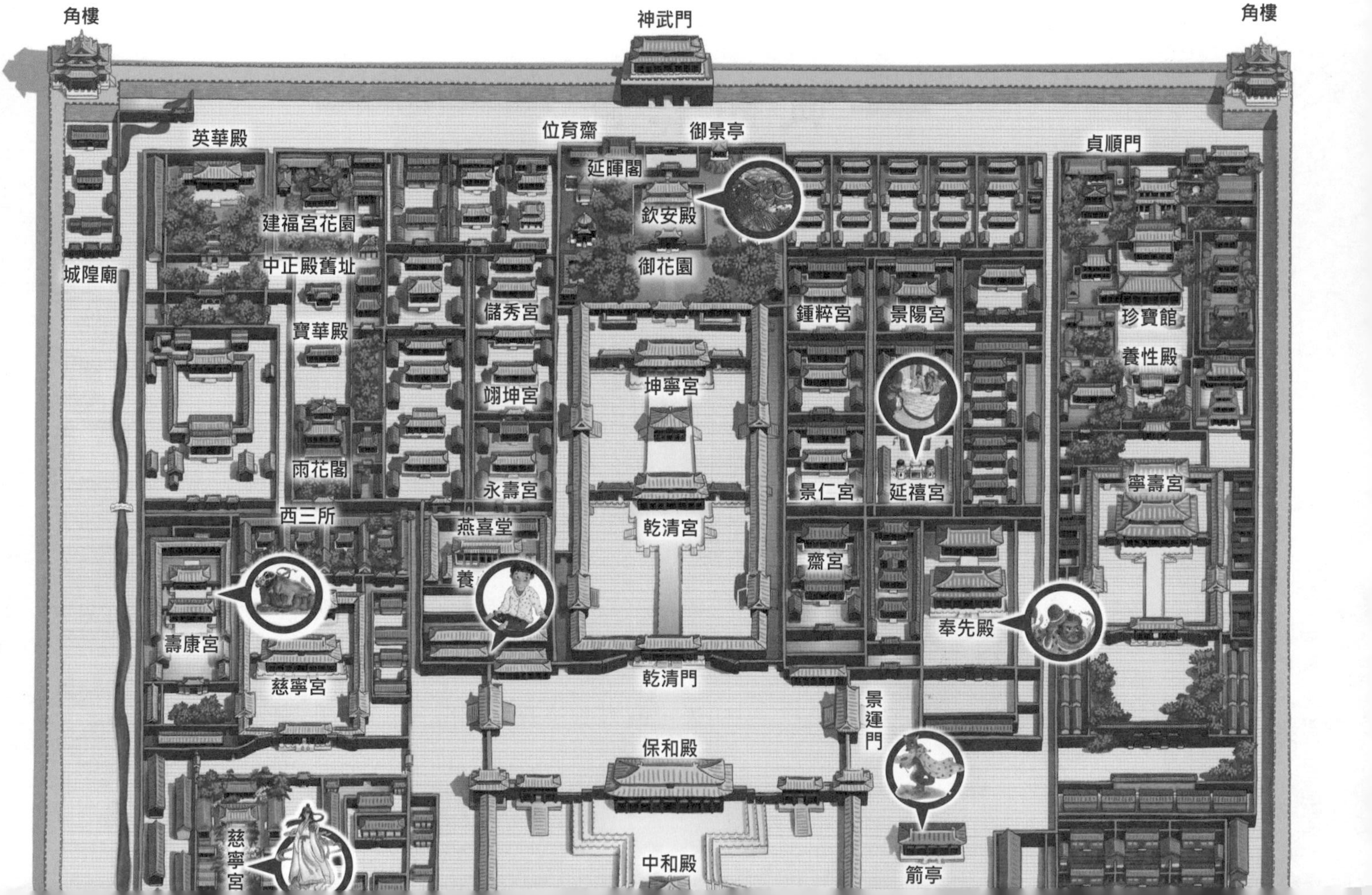
角樓
神武門
角樓
位育齋
御景亭
英華殿
延暉閣
欽安殿
貞順門
建福宮花園
中正殿舊址
御花園
城隍廟
儲秀宮
鍾粹宮
景陽宮
珍寶館
寶華殿
養性殿
坤寧宮
翊坤宮
雨花閣
永壽宮
景仁宮
延禧宮
寧壽宮
西三所
燕喜堂
乾清宮
齋宮
養
壽康宮
奉先殿
慈寧宮
乾清門
景運門
保和殿
慈寧宮
中和殿
箭亭

角色檔案

元寶

睡在故宮養心殿龍床上的小男孩，被李小雨和楊永樂發現，因為想探險而離家出走來到故宮。

椒圖

故宮大門上的鐵環獸，傳說中龍的第五個兒子。他是喜歡安靜的怪獸，可以照顧一家一戶的安寧，是性情溫順的龍子。

銅獅子

故宮太和門的看門怪獸。一直很威嚴的他，不知道什麼時候頭上卻開出了白色的小花，由此引出了一系列好玩的故事。

風神

掌管風的神仙，喜歡玩撲克牌，因為玩牌輸給李小雨，而送給她神奇的禮物。

蚣蝮（ㄍㄨㄥ　ㄈㄨˊ）

龍的兒子，鎮水怪獸。傳說他因為觸犯天條，被罰看守運河。他來故宮串門子，卻闖了大禍。

狐狸

住在故宮箭亭後面的松樹林裡，為了籌備過冬的食物而在箭亭開起了商店。

朝天吼

喜歡守望的怪獸，蹲在故宮大門前的華表上眺望著遠方。他是故宮裡的大偵探，遇到奇怪的事情，連龍都要找他幫忙。

滕六

傳說中的雪神。會把貪玩的小孩變成雪花。

目錄

壹

睡龍床的男孩

當我和楊永樂看到養心殿龍床上的小男孩時，都被嚇得不輕。

我們在位育齋摘杏子，不知不覺天就黑透了。楊永樂的舅舅今天在失物招領處加班，那裡只有一張單人床。所以楊永樂本來想在養心殿展出的龍床上睡一晚。

可是，有人已經提前佔領了那裡。

我看了看手機，晚上九點三分。這個時間絕不應該有陌生的小男孩出現在故宮裡。除非……除非……我和楊永樂對視了一眼，沒錯，我們想的都一樣，除非他是——鬼。

「你們是誰？」

鬼居然說話了。他從龍床上猛然坐了起來。

我和楊永樂同時往後退了一步。

不好，要快點離開……

可是，我的腳卻不聽使喚，一步都邁不動。

鬼看起來也是一副心神不寧的樣子，沒聽見我們回答，他更大聲地問：

「你們是……鬼嗎？」

鬼？

我們愣住了，他居然以為我們是鬼，難道他不是？

楊永樂鼓足了勇氣說：「我們是人，你是鬼嗎？」

那男孩一字一句地說：「我也是人。」

他一下子打開了手電筒，我們被光照得瞇上了眼睛。

「真的是人啊！」男孩鬆了一口氣。

藉著手電筒的光，我們也看清了那個男孩。他胖嘟嘟的，一看就是嬌生慣養的孩子。即便是躺在做為展示品展出的龍床上，他居然還換了睡衣。

「你是誰？怎麼會在養心殿？」

楊永樂像看怪物一樣地看著他。

「我叫元寶，我今天住在這裡，這張床還挺舒服的。」男孩眨了眨眼睛，「你們也都離家出走了嗎？」

「離家出走？」我嚇了一跳，「你是離家出走的？」

元寶點點頭，挺得意地說：「為了這次離家出走我準備兩個多月了。」

「你怎麼來的？」楊永樂問。

「先坐地鐵，再坐火車，再坐地鐵就到故宮了。」他回答。

「火車？」我愣了一下，說，「你家不住在北京？」

元寶搖搖頭，說，「我從上海來的。」

「你怎麼混進來的？」楊永樂接著問。

「很簡單，我買了學生票，混進一個旅行團。你知道今天故宮裡有多少人嗎？我排隊進門都等了半個多小時，根本不會有人注意到我。」元寶說，

「當然，更不會有人注意到我是不是離開了。」

元寶告訴我們，他一直在廁所裡等到六點半，確認所有人都走了，才偷偷跑出來。已經是十月，六點半天色暗了下來，但似乎沒有其他地方比故宮更黑。這裡遠離馬路上的燈光，更沒有燈火通明的大廈，只有少有的幾條路上有街燈。

元寶找了很久才在養心殿找到一張床。他換了睡衣，從背包裡拿出毯子，但是怎麼也睡不著。他原來以為自己會因為長途奔波而立刻睡著，但卻總有一股怪怪的感覺。

「可能是因為我忘了刷牙！」元寶對我們說。

楊永樂翻了個白眼，「乖乖換睡衣，乖乖刷牙，你為什麼不好好待在家裡，跑到這裡幹嘛？」

「這樣很刺激，不是嗎？」元寶憨厚地一笑，「我從小就太聽話了，連

我媽都這麼說。我厭倦了得一百分，厭倦了乖乖聽話，連玩遊戲都厭倦了。我想找點刺激的事做做。」

我和楊永樂呆在那裡，這個離家出走的理由真的很無聊。

「你們呢？為什麼離家出走？」元寶著急地問，「你們吃飯了嗎？這裡的飯好貴，一個盒飯要三十五元。雖然味道還不錯，但這樣下去，我的錢很快就要花光了。你們在這裡怎麼吃飯

的？」

「我們不用擔心吃飯的問題。」楊永樂故意說，「你身上還有多少錢？」

「不多。」元寶老實地回答，「高鐵的車票就花掉了五百多元，地鐵和門票又花了三十多，中午吃飯花掉了三十五元，只剩兩百多元了。」

我這才發現他的睡褲口袋裡塞了個大錢包，把他的褲子都拉了下來，露出了約十公分寬的雪白肚皮，最明顯的是他的肚臍眼。

「你就帶了那麼點錢？」我睜大眼睛，他身上的錢連回上海的車票錢都不夠。

元寶氣呼呼地哼了一聲，「這麼點錢？我為了存這些錢，足足兩個月沒吃霜淇淋，沒在學校門口買零食。」

「可是，這些錢花不了兩天，你就要餓肚子了。」

元寶神祕地一笑，「今天早上我還挺擔心這件事的，不過現在我已經不

擔心錢的問題。因為我發現了個聚寶盆。」

「聚寶盆？」我和楊永樂同時大叫出聲。

元寶挺得意地點點頭，故意壓低聲音說：「那絕對是意外之財！下午我去御花園的時候發現，很多人向水池裡丟硬幣。仔細一看，水池底下全都是錢，我打算等明天太陽下山以後就去撈一點。」

「這種天氣游泳可夠刺激的，水太冰。」楊永樂搖著頭。

「游泳？我不會游泳。」元寶說，「撈錢用不著游泳。我都想好了，我的鉛筆盒上有磁鐵，我只要把它用繩子拴住，然後放到池底，那些硬幣就會被吸上來。以後，我就再也不用為錢發愁了。」

「你還挺聰明的！」

「還行，我是學校機器人小組的成員，遇到事情總是會想辦法解決。」

元寶一點都不謙虛地說，「你們還沒告訴我你們是怎麼吃飯的？你們離開家的時候帶了很多錢嗎？」

「我們沒離家出走。」我覺得必須說明一下了，雖然看得出，楊永樂還想繼續逗逗他。

「沒有？」元寶吃驚地張大了嘴巴，「那這個時候你們怎麼會在這裡？」

「我們住在這裡。」楊永樂搶先說，「你現在睡的就是我的床。」

「你的床？難道你是乾隆皇帝？」

「乾隆皇帝睡的是真龍床，而這張龍床是仿造的，睡過這張龍床的人只有我，當然就是我的床。」楊永樂大聲說。

「現在我也睡過這張床了。」元寶更大聲地說，「所以它是我的了。」

「你……」楊永樂氣得臉都白了。

「好了！」我打斷了他們，「這張床是展示品，展示品！你們看到繩子上那塊牌子了嗎？上面寫著『請勿靠近』，你們本來都不該睡在這裡。如果

你們再吵下去，我就去找夜間警衛。」

楊永樂和元寶都不出聲了，兩人不服氣地看著對方，真是兩個倔強的男孩子。

不過，他們之中一個離家出走，一個無家可歸，如果今天晚上不睡在這裡，又能睡在哪呢？我有點心軟了。

「既然今天晚上你們都沒地方住，就先分享這張床吧！」我接著說，「等到明天天亮了我們再想其他辦法。」

聽到我這麼說，他們都鬆了口氣。元寶不太情願地讓出一半的地方，楊永樂上床與他並排躺著。他們相互都離得遠遠的，幸虧龍床足夠大，他們才不至於為了躲對方遠一點而掉到床底下去。

「不過，你們怎麼會住在故宮裡？」元寶一邊問，一邊把毯子往身上拉了拉。

「我媽媽和他舅舅都在這裡工作，他們加班的時候會把我們帶來睡在辦公室。」我回答，很擔心他接著問，為什麼楊永樂會和舅舅住在一起，惹得楊永樂不高興。還好元寶沒有問這個問題。

元寶點點頭。「怪不得你們不用為吃飯發愁。」

我要回媽媽辦公室睡覺了。我有點擔心地和他們道了晚安，希望半夜他們不要打起來。

「明天早上你們去建福宮花園等我，我會帶點早餐過去。」我說。

「太棒了！」元寶高興地說。

第二天的清晨，是暖和的秋天的清晨。一大早我就捧著飯盒穿過長長的紅牆，茂密的樹蔭，往建福宮花園走去。媽媽知道我要給楊永樂帶早餐，特意買了很多豆沙包和茶葉蛋。

遠遠的，我就看見楊永樂和元寶坐在大槐樹的枝杈上，晃蕩著垂下來的

腳，挺開心地聊著天。在這樣一個溫暖的早晨，昨天的敵意、爭吵似乎都飛到爪哇國去了。他們那樣子，就像是已經認識多年的夥伴。我突然感到很欣慰。

「我們決定今天晚上就去！」

吃早餐的時候，元寶一邊往嘴裡塞豆沙包一邊說。這已經是他吃的第三個豆沙包了。

「去幹嘛？」我問。

「去聚寶盆裡撈錢啊！」元寶挺興奮地說，「我和楊永樂商量好了，他說能找到大號的磁鐵，這樣的話，我們準能撈不少。」

楊永樂在一旁點頭，說：「也不能太晚，要趕在太陽下山前，這樣才能看到水池裡哪兒的錢多。」

「撈上來的錢我們三人分，我分四成，你們倆一人三成。」元寶說。

我搖搖頭，「我不要。」

我不缺錢，而且，我覺得拿水池的錢不太好，雖然御花園水池裡的錢都是遊客們許願的時候扔的。為了這個，打掃水池的叔叔也特別頭痛。

「那就我拿六成，你拿四成。」元寶對楊永樂說。

楊永樂挺高興地點點頭。

「你今天還要在故宮裡待著嗎？」我問元寶。

元寶說：「當然！這裡真是一個很好的藏身之處，安全，還沒有人有空注意別人在幹什麼。」

我糾正他：「誰說的，一定會有人在注意。」

我看著元寶，卻發現他正在笑。其實我心裡不得不同意他的看法，這裡太大了，大家對陌生人都不怎麼關注。

下午放學後，我在御花園的澄瑞亭找到了元寶和楊永樂。那時候，故宮

剛剛休館不久，天還亮著，黃昏的顏色特別漂亮。

澄瑞亭就在水池邊上，這裡的水池因為太淺，無法養魚，所以可以清晰地看到水底的各種硬幣。

楊永樂不知道從哪裡找到一塊肥皂那麼大的磁鐵和一根釣魚的魚線。他們把磁鐵用線綁好，用力一拋，「啪」的一聲，磁鐵在水面上激起了很大的水花。等到再從水裡拉出來的時候，磁鐵上已經吸滿了硬幣。他們把硬幣取下來，像兩個貪財的財主一樣一個個地數，有十一個一角的，四個五角的，還有六個一塊的。

「哇，可真不少。」

元寶捧著這些硬幣，彷彿他已經成了百萬富翁似的。

「投一塊錢的肯定都是有錢人。」楊永樂說。

「不，肯定是窮人。」元寶糾正他，「窮人才會做發財夢呢！」

他們再次把磁鐵扔進水裡，那認真模樣，就像是打魚的漁夫。這次運氣不太好，磁鐵吸上來的大多是一角的硬幣，只有一個一塊錢的。但這絲毫不影響他們的興致。

第三次，他們故意把磁鐵投得更遠一些，為了防止拉上來的時候，磁鐵上的硬幣掉下去，他們非常慢地一點一點把磁鐵拉上來。

這回磁鐵顯得特別的沉重，元寶費了挺大的力氣才把它拉出水面。但一拉上來，我們就失望了，磁鐵上只有零零散散幾個一角和一分錢的硬幣，倒是吸到了一個很大的銅環。那銅環比故宮木門上那些門把手要小一號，因為長滿了銅鏽變成了青綠色，一點也看不出原來金黃色的樣子了。

「這個要是賣給收垃圾的，是不是也能值點錢？」元寶用手掂量著銅環。

我搖搖頭，「鏽成這個樣子，連收垃圾的都不會要。」

元寶還是不甘心，「會不會是什麼古董？」

「你以為故宮遍地都是古董嗎？」我脫口而出，但又覺得這麼說不太對，故宮不就是遍地都是古董嗎？連我們腳下踩的青磚都有幾百歲了。

楊永樂皺著眉頭把銅環拿了過來，仔細地看了看，接著他又拿袖子使勁地擦了擦那上面的銅鏽。他把它舉到陽光下，又在手裡掂量了一下它的重量。

「呵！」楊永樂突然發出奇妙的聲音，然後一下子站起身，「這可不得了了！」

「怎麼了？」我吃驚地站了起來。

楊永樂的嘴呼呼喘著氣，說道：「如果我沒猜錯的話，這個銅環應該就是乾清門銅獅子丟的銅環。」

「乾清門銅獅子？」

「嗯，應該還是春天的事了，乾清門的銅獅子來失物招領處，說是掛鈴鐺的銅環不知道掉到哪裡了。因為那時候沒人撿到銅環，所以我讓他等消息。」楊永樂拿著銅環說，「原本我都把這事忘了，這下可好了。」

元寶一下子來了興趣：「銅獅子居然會說話，還能到失物招領處找東西，這太好玩了。」

「不行，我得去乾清門告訴銅獅子一聲。」楊永樂完全沉不住氣了，急匆匆地往乾清門跑去。

「我和你一起去！」元寶緊跟在他後面，連磁鐵都扔了。

事情過於突然，我愣在那裡看著他們的背影。天已經黑了，遠處的天空只留下窄窄的一條明亮，一隻蝙蝠從我的頭頂飛過。

晚飯後，我帶了幾個肉包子來到失物招領處。登記的櫃檯前，野貓梨花正認真地對元寶做著採訪，而楊永樂幫助他們翻譯。

「那您晚上住在哪裡呢？喵。」梨花一本正經地問，她只有在對採訪對象的時候才會說「您」。

楊永樂把梨花的話翻譯給元寶。

元寶憋住笑說：「我住在養心殿，那裡的龍床很舒服。」

「能為您拍張照嗎？就在實物招領處。喵。」梨花舉起胸前的迷你相機。

元寶很配合地擺了個「勝利」的姿勢。

「非常好！後天您就會看到這篇報導，名字就叫做《睡龍床的男孩》。」

梨花滿意地收起相機。

「能送我一份你們那個報紙嗎？什麼，什麼怪獸……」元寶急著讓楊永樂翻譯。

「《故宮怪獸談》。」楊永樂告訴他。

「對，對！」

「當然。」梨花說，「如果我還找得到您。喵。」

我晃了晃手裡的肉包子，元寶、楊永樂還有野貓梨花全都閃電般地圍了過來。梨花一口就叼起了一個超大的包子。

「梨花，我記得妳吃過貓糧了。」我拉住她的耳朵。

「貓糧怎麼會有包子好吃。喵嗚。」梨花毫不客氣地吃著包子。

「你們都能聽懂動物和怪獸的話嗎？妳和楊永樂？這太酷了！」元寶瞪大了眼睛，一副不敢相信的樣子，「我還以為因為楊永樂是薩滿巫師才能……」

我看了一眼楊永樂，看來昨天晚上他和元寶聊了不少事情。

我笑了笑，為了防止他繼續問下去，我趕緊轉移了話題：「吃完飯，你和我去我媽媽的辦公室。」

「為什麼？」元寶抬起他胖嘟嘟的臉。

「因為我媽媽叫我帶你過去。」

「你出賣了我？」他大聲說。

「沒有，我沒有！」我生氣了，我從來不出賣朋友。

「那妳媽媽她……」他不相信地看著我。

「你已經被監視錄影錄下來了，要不是我和媽媽說我知道你在哪兒，現在故宮的警衛們早就到處抓你了！」我大聲反駁他。

今天吃晚飯的時候媽媽對我說，警衛叔叔在監視錄影裡發現了一個可疑的小男孩，正打算對故宮進行地毯式搜查。

元寶一下子洩氣了，悶悶不樂地說：「妳媽媽會拿我怎麼辦？」

「應該會告訴員警，然後協助你回家吧！」

我默默低下了頭。

我帶元寶來到媽媽辦公室的時候，員警叔叔已經等在那裡了。離開的時候，元寶對著我揮了揮手，我卻想哭了。我一直跟著他們走到辦公區的大門，元寶和員警們的身影，就那樣消失在黑夜裡。

我回過頭，看見楊永樂孤零零地站在那裡。他沒看我，也沒和我說話，一轉身就奔跑著離開了。

那天晚上，我躺在床上怎麼也睡不著，我有點後悔把元寶交給員警，要是把他藏起來是不是更好呢？就這樣想著、想著，天的遠方露出白光的時候，我模模糊糊地睡著了。也不知道睡了多久，媽媽辦公室門口說話的聲音吵醒了我。

我趴到窗戶上，誰的聲音這麼大啊？

是員警，兩個穿著制服的員警叔叔正在和媽媽商量著什麼。他們的身邊老老實實地站著一個胖男孩，那不是元寶嗎？

我揉了揉眼睛，沒錯，那真的是元寶！

員警叔叔怎麼又把元寶送回來了？

我一下子跳下床，也顧不得穿鞋，就那麼光著腳丫跑到門口，「呼啦」

一下子打開門。

「這孩子什麼都不記得，父母的手機號碼、家裡地址，問什麼都不知道。」我聽見員警說。

「這麼大的孩子，這些都還不記得？」媽媽有些為難地看著元寶。

「是啊，不過也許是家長沒有特意告訴他吧！」員警客氣地說，「所以可能還要麻煩您一段時間，您也知道，警察局那種地方實在沒辦法照料小孩啊！」

「沒關係，在找到他父母前，就交給我照顧吧！」媽媽伸出手把元寶拉到身邊。

「那就太感謝了！只要找到他的父母，我們第一時間通知您。」員警叔叔一副鬆了口氣的樣子。

員警離開了，媽媽把元寶帶進屋子。

「妳醒了？」媽媽有點吃驚地說。

我點點頭，「元寶他……」

媽媽輕輕嘆了口氣，「警察局希望在找到他父母前，我們幫忙照顧他。妳要好好和我一起照顧元寶啊！」

「好！太好了！」我費了好大的力氣，才沒讓自己高興得跳起來。

趁媽媽不注意的時候，元寶對著我擠了一下眼睛，哈哈，這傢伙，他才不想這麼早回家呢！

貳

大怪獸吹泡泡

這隻怪獸怎麼長得那麼像隻大蝸牛呢？很氣派的龍頭，卻安在一個巨大的蝸牛殼上，怎麼也讓人害怕不起來。

他就站在東華門裡，一點也不怕人看見的樣子。雖然已經是晚上了，東華門緊緊地關著，但這個時候如果守門的警衛從警衛室出來的話，一眼就會看到他。

他一點也不在乎這些，站在馬路當中，嘴裡含著一根吸管般的東西，用力「噗」地一吹，吸管的頭上就冒出一個泡泡，滴溜溜地轉著。昏暗的路燈下，那泡泡卻是閃閃發光的金色。泡泡越吹越大，足足有一個氣球那麼大還沒有破。怪獸輕輕地抖了一下吸管，泡泡一邊旋轉一邊慢慢飄起來，越飛越高，不一會兒就變成一個金色的小點了。於是，怪獸又開始慢悠悠地吹下一個泡泡。

我、楊永樂、元寶三個人躲在一旁吃驚地看著眼前的一切。大怪獸我見

多了，有喜歡當計程車的，喜歡看動畫片的，喜歡小動物的……但是喜歡吹泡泡的大怪獸，這還是頭一次見到。

「我怎麼看他那麼眼熟呢？」我在嘴裡小聲嘟囔。

「他是龍的第五個兒子椒圖。」楊永樂果然知道的比我多許多，他說，「他是守門的大怪獸。」

聽他這麼一說，我就想起來了，怪不得我看他眼熟，故宮大門上的鐵環獸不就是他嗎？每天在故宮裡進進出出的，每扇紅漆大門上都會有椒圖的銅像。聽說他是愛好安靜的怪獸，可以照顧一家一戶的安寧，是性情溫順的龍子。

「椒圖在幹什麼呢？」我輕聲問。

楊永樂搖了搖頭，這回連他都不知道了。

「問問不就知道了。」

急性子的元寶一下子就從藏身的大銅缸後面跳了出去。

「喂！你在幹嘛？」他把手做成喇叭狀，大聲地問。

椒圖停了下來，奇怪地看著突然冒出來的元寶，彷彿沒聽懂元寶在說什麼。

這下糟了，這個莽撞的男孩。

我和楊永樂也不得不跟著元寶從大銅缸後面走出來。

「椒圖，你好，我是李小雨，他們是我的朋友楊永樂和元寶。」我盡量讓自己顯得有禮貌一些，「我們想知道你在幹什麼？」

椒圖打量了我一下，又看了看楊永樂和元寶，才說：「像你們看到的那樣，我在吹泡泡啊！」

「你喜歡吹泡泡？」我挺高興，說，「我也很喜歡吹泡泡，我家有那種吹泡泡的工具，輕輕一吹就可以吹出好多的肥皂泡泡。」

「是嗎？還有那種東西？」椒圖一臉羨慕地說，「如果我有那種東西，工作可就輕鬆多了。」

「工作？」

「是啊！吹泡泡就是我的工作。」椒圖回答。

「你的工作不是守衛大門嗎？」我問。

椒圖搖搖頭說：「那只是我的工作中的一部分，吹泡泡也是我的工作。」

這下我更好奇了，「你為什麼要吹泡泡呢？」

「為了修那個啊！」椒圖指了指旁邊的東華門。我順著他指的方向看過去，東華門明明好好的在那裡，一點都沒壞。

「啊！是門釘！」楊永樂先發現了。

聽他這麼一說，我才發現，東華門上的一顆金色的大門釘不知道什麼時候壞掉了。

我睜大了眼睛，問：「難道你吹的泡泡就是門釘？」

椒圖點點頭。

「可是，我們明明看見泡泡飛走了啊？」

「因為那個泡泡的形狀不好看，不能當作門釘，才故意讓它飛走的。」

椒圖嘆了口氣，「每次有門釘壞了，就不知道要吹多少個泡泡，才能吹出一個完美的門釘呢！做門釘的泡泡不僅形狀要合適，還不能有小氣泡，要非常光滑，不是件容易的事。」

說著，他繼續吹起泡泡來。

我們蹲在一旁，瞇著眼睛看著一個個金色的泡泡慢慢變大、變圓，然後搖搖晃晃地飄上天空，像金色的氣球一樣越飄越遠。

光看著太無聊了，我們開始追逐起泡泡來。一個泡泡，黃金般顏色的泡泡隨風飄去，我們就嬉笑著跑過去，一邊跑，一邊跳，卻怎麼也摸不到那些

泡泡。

也不知道吹了多久，終於一個漂亮的泡泡從吸管那頭冒了出來。

「多好看的泡泡啊……」元寶出神地說。

椒圖看起來也十分滿意，他小心翼翼地把這個泡泡吹得大一點，再大一點，最後變得和其他門釘一樣大。然後，他撅起嘴巴輕輕地朝東華門的方向一吹，金色的泡泡旋轉著，慢慢地向紅色的大門飄去，眼看飄到壞了的門釘位置的時候，椒圖的眼睛裡突然發出一道閃電一樣的光，正好打到泡泡上。

「劈啪！」

泡泡一下子釘到了大門上，變成一個金光閃閃的大門釘了。

「真是累壞了。」

椒圖扔掉手裡的吸管，一下子坐到地上。

「最近門釘壞的越來越多了。」

「為什麼？」楊永樂問。

「也不知道從什麼時候開始，人們總是覺得摸摸門釘就能有好運氣。能祛除百病啊，生個兒子啊……」椒圖說，「以前故宮還叫紫禁城的時候，這裡住著皇帝，平民百姓進不來。就算能進來的人，誰敢摸皇帝家的門釘呢？但是現在不一樣了，只要買了門票的人就能進來，結果門釘就遭殃了。這些門釘都是泡泡做的，裡面是空心的，這麼多的人摸，當然就容易壞了。故宮的門釘多，午門、神武門、西華門的大門上都有九九八十一顆門釘，就算最少的東華門也有八九七十二顆門釘，哪顆壞了也不行啊！」

「那把門釘做成實心的，不就不容易壞了嗎？」我給椒圖出主意。

椒圖不高興地嘟囔：「我可不會吹實心的泡泡。」

「摸門釘能不能長生不老呢？」元寶突然問。

他因為聽不懂椒圖的話，急得直冒汗，楊永樂剛剛把椒圖的話翻譯給他

聽，他就迫不及待地提問題了。

「長生不老？這還沒聽說過。不過為什麼要長生不老呢？」椒圖模仿元寶的口氣說。

我耐心地把椒圖的問題翻譯給元寶聽。

「如果能長生不老的話，我就永遠可以當小孩子了。」元寶使勁地咳嗽了一聲，一本正經地說，「我呀，最大的願望就是像小飛俠彼得潘一樣，永遠快樂地當一個小孩，不長大，也不會死。就像現在這樣，一百年都不變才好呢！」

「長大有什麼不好嗎？」這下連我都好奇起來了。

「長大有什麼好的？這個世界上到處都是成年人，他們沒人照顧，也沒人同情，總是低頭走路，連看月亮的心情都沒有。就像我爸爸、媽媽，他們每天都有數不清的煩惱，每天都在吵架。這有什麼意思？」元寶吸了一口氣接著說，「還是做一個無憂無慮的小孩好。」

椒圖的眉頭越皺越緊。

「你說的彼得潘我沒聽說過，但是我倒認識一個永遠不會長大、不會死的小男孩，我可不覺得他有多快樂。」他說，「也許有一天我能介紹你們認識一下。」

我把這些話翻譯給元寶。

他高興地跳了起來，「真的有這樣的小孩？在中國？太棒了，他是怎麼做到的？」

「我也不知道。」

椒圖正搖頭，突然從警衛室的方向傳來了開門的聲音。

「吱扭……」

有人出來了！

也就是在這時，颳來一陣怪風，四周的樹葉像海浪一樣地「嘩嘩」直響。再看怪獸椒圖的時候，他已經從我們眼前消失了。

「是小雨嗎？」一個警衛對著我們這邊喊。

「是我！張叔叔。」我趕緊回答，是認識我的警衛，這讓我們都鬆了口氣。

「天晚了，風又大，別和妳的朋友在這裡玩了，趕緊回到妳媽媽那裡去吧！」

「好的！」

我們像做錯了什麼事一樣，一刻也不敢停留，飛快向辦公區跑去。

這之後我一直惦記著把吹泡泡的工具借給椒圖。於是，一天下午，稍微放學早了一點，我就興沖沖地拿著吹泡泡的工具跑到了東華門。

天還亮著，是一個晴朗的秋天的黃昏。陽光照在大門上，嘴裡含著門環的椒圖閃閃發亮。

「喂！今天晚上能不能見上一面？」我趴在他的耳朵邊說，「我把能吹好多泡泡的工具帶來了！」

椒圖沒說話，一動也不動地和其他銅像一樣。他有沒有聽到呢？

天剛剛黑透，我和楊永樂、元寶就朝著東華門出發了。遠遠的，我們聽到一陣小孩的笑聲。故宮裡除了我們三個，還有其他小孩嗎？難道是警衛帶了自己的小孩來玩嗎？

我們吃了一驚，放慢腳步走過去。昏暗的路燈下，椒圖正和一個小孩聊天呢！這孩子完全是古代的裝扮，頭上梳著兩個圓圓的髮髻，腰上圍了一條紅綢子。

「喂！快來見見我的朋友！」椒圖招呼著我們。

我們走過去，好奇地打量著眼前穿著奇怪衣服的孩子，他看起來和我們

年齡差不多，個頭也接近。但是越走近，我越覺得他有點不對勁。

「嗨！你們好。」男孩說，「我是哪吒。」

「哪吒！你就是哪吒！」

我們尖叫著把他圍了起來。

「是的。」哪吒點點頭，眼睛從我們的臉上掃過，我卻故意躲開，不去看他的眼睛。那雙漆黑的眼睛雖然長在一張孩子的臉上，卻壓根兒不屬於兒童，像是屬於什麼不明生物。

「哪吒就是你說的那個朋友？」我突然明白了，他真的和椒圖說的一樣，不會長大也不會死。

「是的。」椒圖點點頭，「我們認識很久了。我覺得也許他能給元寶提點建議。」

「你多大了？」元寶問。

哪吒躊躇了一下，說：「幾千歲？我不記得了。」

「太棒了！你是怎麼做到的？」

元寶左右晃著身子，一副就快等不及知道答案的樣子。

「我在小的時候把我的身體還給了父母，是我的師父用蓮花和泥替我重新做了一個身體。蓮花的身體是無法長大的，所以我永遠是這麼大。」哪吒回答，「從那時候起，我就成了時間的俘虜，再也長不大了。」

「天啊！這太酷了！」元寶尖叫。

哪吒搖搖頭：「不，這一點都不酷。如果讓我重新選擇，我應該會選擇長大，結婚生子。而不是永遠做一個小孩，長著小孩的身體，但是卻是成年人的思想。」

「孩子，」哪吒盯著元寶的眼睛，「就算你吃了長生不老藥，你的身體不再生長，但是你的思想仍然會生長，什麼神藥都不能控制你頭腦的生長，

它仍然會一天天成熟、變老。想一想，孩子的身體裡裝的卻是老人的思想，挺可怕的吧？」

元寶倒退了一步，目光慢慢從這個幾千歲的孩子身邊移開。

不要說他，連我的背後都突然冒出一股寒氣。一個小孩的身體，卻有一雙老人的眼睛，這比怪獸還可怕！

元寶點點頭，不出聲了。看得出，他有點沮喪，卻也明白了什麼。

哪吒又和我們聊了一會兒他小時候的故事就走了，走的時候他的腳底下突然變出一對風火輪來，兩團燃燒的火焰帶著他衝入漆黑的夜空，最後變成了兩個小亮點。

「和長生不老相比，還是風火輪更酷！」元寶羨慕地說。

我把吹泡泡的工具示範給椒圖看，那是一個小圓圈，只要朝著圓圈裡一吹，就會有許多泡泡冒出來。

椒圖照我的樣子，輕輕地吹了口氣，好多金色的泡泡「噗哧噗哧」冒出來，越來越多。數不清的泡泡閃閃發光，慢慢地飄向天空，像一個個小燈籠。

「真是好東西！」

椒圖望著滿天空的泡泡說。

「那送給你吧！」

我慷慨地把吹泡泡的工具往椒圖手裡一塞。

「真的嗎？」椒圖的眼睛閃閃發光。

我點點頭。

回辦公區的路上，元寶悶悶地說：「我打算把我媽的電話號碼告訴員警了。」

「你想回家了？」我吃了一驚。

「有點。」他說了實話，「其實，我這次離家出走來故宮，就是想看看

能不能找到長生不老藥。」

「找長生不老藥？」楊永樂不敢相信地看著他。

「我認真分析過，只有皇帝對長生不老最感興趣。如果世界上真的有長生不老藥這種東西，它就應該藏在故宮裡。」元寶認真地回答，「不過，現在我改變主意了。」

我有點生氣，說：「為什麼一直瞞著我們？」

元寶慌忙揮著手，說：「我不是故意瞞著你們，只是……沒機會說。」

楊永樂嘆了一口氣，說：「那你下一步打算怎麼辦？」

元寶一下來了精神，說：「先回家待一段時間，等存夠了錢後再出來找風火輪。」

「風火輪？」我和楊永樂齊聲大叫。

「對，風火輪。」元寶自顧自地點著頭，說，「那可真酷！」

叁

獅子頭上開花了

也不知道誰先發現的，在金水橋與太和門之間，一隻怒目圓睜、威嚴無比的銅獅子頭上，居然開出了白色的小花。

可能是鴿子吧！他們每天從故宮的天際飛過，什麼事情也逃不過他們的眼睛。也可能是麻雀，他們最愛嘰嘰喳喳湊在一起討論八卦消息了。還有人說是喜鵲，有野貓看見一隻大喜鵲在銅獅子頭上停留過。

總之，那麼高大的銅獅子，除了能飛翔的鳥類外，誰還能發現他頭頂上的祕密呢？

消息傳得快極了，連我都知道了。

「每天一到晚上，不知道多少怪獸和神仙們去看銅獅子頭上的花呢！喵。」野貓梨花說。

自從她辦的報紙《故宮怪獸談》上登了這則新聞後，連花仙和動物們都去湊熱鬧了。

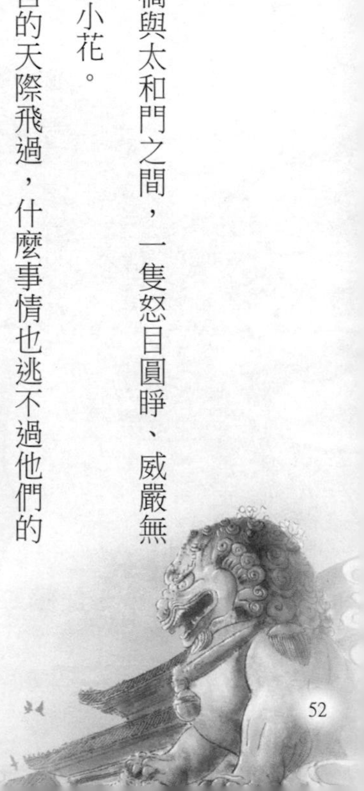

「我也挺想去看看。」我說。

「那麼……高。妳看不到。」梨花誇張地比劃著。

「妳怎麼看到的？」我低頭看著梨花。

「烏鴉馱著我飛上去的。」梨花得意地說，「說起那花兒，我還真的是頭一次見，小珍珠似的，漂亮極了。」

我嘆了口氣，這麼少見的花我卻看不到，真是太可惜了！

雖然這麼想但還沒過多久，我就看到那花兒了。

這是半夜的事。我在媽媽的辦公室裡都快睡著了，卻聽到院子裡有奇怪的聲音。那聲音怎麼說呢？有點像是誰在外面掛了風鈴，聲音不大，卻「叮鈴、叮鈴」地響個不停。

可是，我沒有在院子裡掛風鈴啊？媽媽也絕不會在辦公室做這麼孩子氣的事情。那到底是怎麼回事呢？

我趴到窗戶邊，掀起窗簾的一角。

喲！院子裡怎麼多了個黑壓壓的大影子？安安靜靜地蹲在那裡，動都不動。難道是有怪獸來找我？

我瞇起眼睛仔細看，不像是自己熟悉的怪獸。我穿上棉拖鞋，披上外衣打開門走了出去，交了這麼多怪獸朋友，我早就相信故宮裡沒有什麼東西是會傷害我的。

明亮的月光下，一隻極有威嚴的怪獸蹲坐在院子的正中央，大大的眼睛閃著綠寶石一樣的光芒。

「獅子？」我走到他面前，一眼就認出了他。他不就是太和門前的銅獅子嗎？

說實話，雖然我每天都會經過那裡，但還從來沒和銅獅子打過交道。他是動物裡的王者，在故宮的動物和怪獸裡都有極高的地位，很少會出現在我

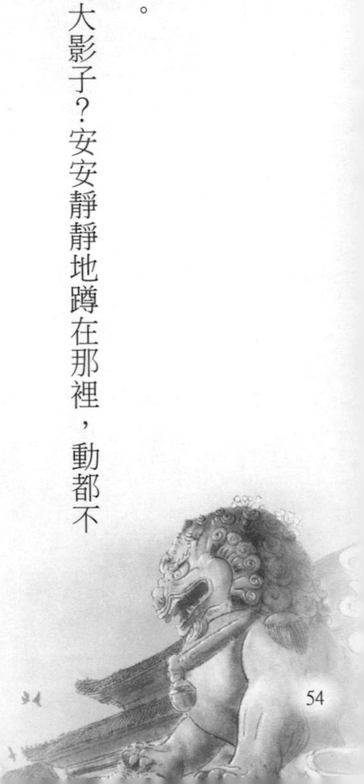

們這些人類的面前。

銅獅子微微低頭看著我，我能從他的眼睛裡看到善意，這讓我更勇敢地走近了一些。

「妳是李小雨？」

雖然聲音很輕，但他的聲音給人莊重的感覺。

「是的，我是。」我點點頭。

「我是來請妳幫忙的。」他看起來很苦惱，說，「我不知道妳聽說了沒有，我的頭上開出了幾朵花兒。說實話，我不知道它們怎麼會在我頭上生長，甚至開花。花兒不需要泥土嗎？我的頭上可是一點土都沒有啊？」

我抬頭看著銅獅子，他的頭上長滿了鬃毛。這些鬃毛被很精細地編成了四十五個圓圓的髮髻，的確不像是能長出花兒的地方。

我贊同地點點頭。

銅獅子接著說：「也許是有鳥不小心把花籽掉在我頭上了，也許是像那些神仙說的，這花兒就是傳說中的神花優曇婆羅花，但無論它是不是神花，我都不希望它長在我頭上。」

我睜大了眼睛，優曇婆羅花，相傳每隔三千年才開一次花。傳說它不需要土壤就會競相開放。它是吉祥的徵兆，哪裡出現優曇婆羅花，哪裡就會有好事發生。

「能讓我、讓我看看嗎？」我期盼地看著他，那麼神奇的花兒，只有傳說中才有的花兒，就是看上一眼也好啊！

銅獅子點了一下頭，說：「那就看看吧！」

說著，他低下頭，把頭頂的地方給我看。就在最頭頂的位置，茂密的鬃毛之間，幾朵米粒般的小花苞一叢叢地開在那裡，雪白的顏色，細細的花莖和金色的絲線一樣，沒有葉子，也沒有花托，就像是精巧的珍珠工藝品一樣。

「竟、竟有這樣的花兒！」

我吃了一驚，細細地看著那些花兒。

「幫我摘下來吧！」銅獅子輕聲說。

「摘下來？」我愣住了，這麼珍貴的花要摘下來，這……

「我是獅子啊！每天頂著這些花兒，也太不像樣了。」他痛苦地搖搖頭，「可是我自己怎麼也拿不下來，這麼細小的花兒，我這樣的爪子是不行的。」

銅獅子抬起頭，探尋似的窺視著我的臉，然後，也不等我回話，就接著說：「想了很久，在這故宮裡，能有這麼纖細的手把花兒摘下來的人，也只有妳了。所以就來找妳幫忙了。」

我皺著眉頭，說：「幫忙倒不是不可以。但是，這麼珍貴的花兒，就這樣摘了，不是太可惜了？」

「誰也沒見過優曇婆羅花，說它是神花，只是猜測而已，說不定就是什麼不知名的小野花。妳不用想太多。」

聽他這麼說，我有點猶豫了，這麼威嚴的獅子頭上頂著幾叢小花，每天被怪獸、神仙們圍觀，想想就覺得可憐。

就這樣吧！我決定了。

「那……我試試看。」

我戰戰兢兢地伸過手去，銅獅子把頭頂低下來。

啊！那花兒原來是這種感覺的呀！圓鼓鼓的花苞，有點彈性的樣子。近看上去，還帶著淡淡的光澤。我把鼻子湊過去，沒有香味，什麼味道都沒有。

「摘下來了沒有啊？」銅獅子有點不耐煩地晃了晃頭。

「還沒有，我這就摘。」

說是這麼說，我卻仍小心地撫摸著花苞。如果真的是三千年才開一次的神花，這世界上唯一摸過它的人就是我了吧！

「還沒摘嗎？我脖子都痠了。」銅獅子嘆了口氣。

好吧！現在就摘下來吧！

我用兩根手指，輕輕地捏住一朵，還沒用力氣，那小小的花苞就已經掉在我的手心裡了。這樣太容易了吧！我看著那米粒一樣的花苞。

「摘下來一朵，你要看看嗎？」

我把花苞捧到他的鼻子下面。

銅獅子抬起頭，仔細看了看。

「原來就是這個樣子啊！」他嘟囔著，「是挺奇怪的花兒，怪不得他們都要圍著看呢！」

我點點頭。

「還有很多嗎？」

「看樣子，還有十來朵。」我回答。

「那就趕緊都摘下來吧！這樣我就不用每天都苦悶著臉了。生活也會輕鬆一些。」

他催促著我。

「這可不行啊！喵。」

聽到這個清脆的聲音，我和銅獅子都嚇了一跳。不知道什麼時候，野貓梨花已經站在我們面前了。

也許是剛才摘花摘得太認真了吧！我想，梨花才能這樣溜到警覺的獅子面前啊！

「行不行可不是妳一隻野貓說了算。」銅獅子生氣地說。

「是啊，是啊，獅子大人！」梨花不停地點著頭，說，「我怎麼能做您的主人呢？不過，這可是龍大人的命令啊！喵。」

「龍的命令？」銅獅子吃了一驚。

「龍大人讓我帶來他的命令給你。他說，優曇婆羅花的出現，為故宮帶來了好運，是吉祥的徵兆，所以不讓獅子大人把神花摘掉。喵。」

銅獅子的眉頭皺緊了：「這花兒帶來了什麼好運呢？我怎麼沒有聽說。」

「可不是，連我也剛剛聽說。龍大人還真會保密。喵。」

緊接著，梨花壓低了聲音，像是要說什麼大祕密似的，對我們招手。

「喂！把耳朵湊過來啊！」

我和銅獅子都把耳朵湊到她的嘴邊，只聽見她用小得不能再小的聲音說：「是龍女，小龍女要舉辦婚禮了！喵。」

「有這樣的事……」

我過於吃驚，連聲音都出不來了。不久前還在為徵婚發愁的小龍女，居然這麼快就要結婚了，真是太不可思議了。

梨花點點頭。

「這可是龍大人親口對我說的。就是神花出現後的事，突然合適的結婚對象就拿著聘禮來求婚了。聽說，小龍女高興得都流眼淚了。喵。」

「這真是太好了！」我由衷地說。

那麼美麗、善良的小龍女，終於找到愛她的人了。事情就應該是這樣才對啊！

銅獅子愣在那裡，不知道該說些什麼。

「我說獅子大人，神花還是不要摘了，說不定很快能給你帶來什麼好運氣呢！喵。」梨花輕聲勸他。

銅獅子長嘆了一口氣，就頂著那叢小小的、雪白的花朵頭也不回地離開了。

我的手心裡還緊緊握著那朵摘下來的優曇婆羅花，我輕輕地把它放到身上的口袋裡。三千年才開的花朵，像小珍珠般閃著迷人光澤的花朵，怎麼想

都覺得珍貴。

從那天起，我就把它當作護身符一樣地帶在身上。能給龍女帶來好運的花朵，會不會也給我帶來什麼好事情呢？我經常這麼想。

「喂！你們聽說了嗎？太和門旁的銅獅子頭上開出了神花，三千年才開一次呢！」

陽光特別好的午後，我們三個孩子一起曬太陽的時候，楊永樂突然說。

「早就聽說了。」我有點得意地笑了，「我還看見了呢！」

「真的？爬到獅子頭頂上看的嗎？」

元寶一副躍躍欲試的樣子。

我臉一板，撅起了嘴：「哪裡的話！是獅子自己給我看的。就那麼低下頭，我就看到了。」

「那花兒長什麼樣子？」

我歪嘴笑了：「怎麼說呢？雪白的，也就米粒那麼大。花莖像金色的絲線。」

元寶和楊永樂都不說話了，看得出，他們正努力想像著神花的樣子。

我裝模作樣地把手伸進口袋，說：「算了，算了，我從他頭上摘了一朵，就給你們看看吧！不過你們可要保密啊！」

他們的眼睛都睜圓了。

「真的？」

「真的嗎？」

我得意地點了好幾下頭：「是啊！是獅子自己讓我摘的。」

說著，我慢慢打開手掌，那小巧的、漂亮的花苞好好地躺在我的手心裡，沒有枯萎，也沒有變色，彷彿還在生長似的。

「這就是神花？」楊永樂都不敢大口喘氣。

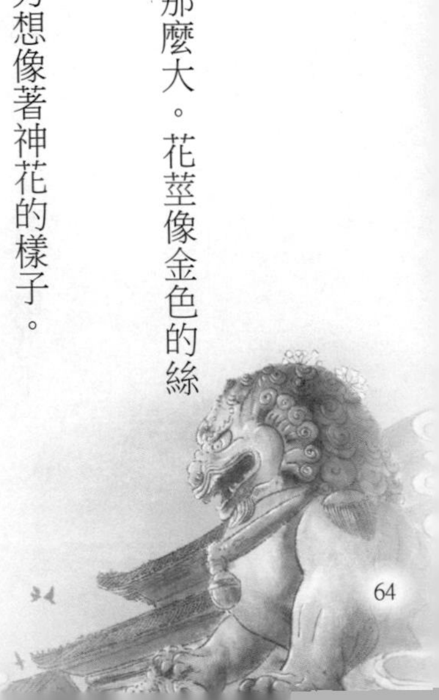

「它叫優曇婆羅花。」

元寶卻皺著眉，像是在思考什麼。

「能讓我拿一下嗎？」元寶突然說。

我有點猶豫，但還是把手掌裡的花遞給他，囑咐道：「不過可別弄丟了。」

元寶用手指輕輕捏起花苞，迎著陽光看了看。

「銅獅子頭上那些花朵是不是都緊緊挨在一起，整齊地排成一排？」他問。

我點點頭。

「這不是什麼神花。」元寶很肯定地說，「這是草蛉蟲產的卵，在上海很常見。」

「什麼？蟲卵？」

我從他手裡搶過花苞也放在陽光下看，卻什麼也看不出來。

「不可能，連神仙們都說……」

「要知道是不是草蛉蟲的蟲卵很簡單，只要再過兩天就可以了。那時候蟲卵就應該孵化出幼蟲了。」元寶說。

「你怎麼知道的？」楊永樂問。

「我不光是機器人小組的，還是生物小組的。大多數昆蟲我都認識。」

這回輪到元寶得意了。

我不相信地問：「你會不會弄錯了，它們可能長得很相似。」

「那就孵化試試吧！」他一副很有把握的樣子。

為了驗證是神花還是草蛉蟲的蟲卵，我們把花苞放到了一個小紙盒裡，在下面鋪上一片綠葉，放到涼爽的地方。

也就是第二天，花苞就有變化了，它的顏色由雪白變成了淡灰色，到了

第三天，顏色就更深了。也就是第三天的晚上，花苞橢圓型的頂部突然打開了，一隻又胖又黑的小蟲子爬了出來。

「看！」元寶高興極了，「這是草蛉蟲的幼蟲，他叫大蚜獅！」

他把蟲子拿到手心裡，胖胖的幼蟲急得團團轉。

我太失望了，原本以為是三千年才開花珍貴無比的神花，居然只是蟲子的蟲卵，這怎麼能令人不失望呢？

「那神花給龍女帶來的好運氣是怎麼回事呢？」我問元寶，小龍女明明要結婚了啊！這可一點都不假。

元寶聳聳肩膀：「為什麼一定要把這件事和神花聯想在一起呢？」

我愣了一下，是啊！為什麼要把小龍女的好事與這個蟲卵聯想在一起呢？

「你說，我們要不要把這件事告訴獅子呢？」我問，這樣銅獅子就不會再為神花苦惱了。

「現在，銅獅子頭上的蟲卵也應該都孵出來了，不用說，他也知道了吧！」元寶說。

正說著，野貓梨花突然衝了過來，嘴裡還呼哧呼哧地喘著氣說：「你們知道嗎？銅獅子頭上的神花被偷了。喵。」

「被偷了？」

「對啊！聽說，獅子一覺睡醒花就消失了。」梨花特別嚴肅地說。

「啊！果然是這樣。哈哈哈哈……」

我和楊永樂、元寶卻忍不住大笑起來，笑得肚子都痛了。

只剩下梨花蹲在那裡，一臉莫名其妙的樣子。

肆 水晶宮的婚禮

婚禮邀請

李小雨　小姐

謹訂於十一月一日，小女龍女舉行結婚典禮，於晚間八時假水晶宮敬備喜酌。

恭請光臨！

囍

十月的最後一天，這樣一張請柬不知什麼時候被放在了我的書包裡。是特別明亮的紅色宣紙，上面是用墨寫得很有力的字。

這不會是龍自己寫的吧？

我望著這張請柬，不知不覺就笑出了聲，一把抱住請柬，小龍女要結婚了，而且邀請我參加她的婚禮，沒有比這更讓人高興的事情了！

我高興得有點昏了頭，作業也忘了寫了，老師的話一句也聽不進去。老師終於發火了，她叫道：「去門口站著好好想想吧！」

就算被罰站，我腦袋裡想的仍然只有一件事，那就是龍女的婚禮。去參加婚禮，穿什麼衣服呢？送什麼禮物給她呢……無論是走路、吃飯還是上課，全想著這些事。

下課鐘聲剛一響起，我的手機就響了，是楊永樂。

「我和元寶都收到龍女結婚的請柬了，妳收到沒有？」

啊！他們也都受到邀請了？太好了！

這幾天過得可真長啊！等啊，等啊，終於熬到了婚禮的日子。

下午一放學，我就往故宮跑。天氣好得驚人，幾乎透明的天空颳著乾爽的風。一路上，我都用鼻子哼著歌。

一邁進故宮，我的心跳快了起來。雖然離婚禮開始的時間還早，楊永樂和元寶已經在媽媽辦公室的院子裡等我了。

「一起去水晶宮嗎？」

儘管他們都裝得漫不經心，但我一下子就聽出來了，他們都激動得不得了。龍女的婚禮，可不是誰都能碰上的。這天，楊永樂少有地梳了頭髮，還穿了件我從來沒見過的天藍色毛衣。元寶的領子戴了一個不知道哪兒來的黑色領結。我也不差，早晨去學校前，我特意穿了最喜歡的淡粉色毛衣裙，還別了粉色水鑽的頭飾，就這樣，我覺得自己變成了小仙女。

「你們送什麼禮物呢？」我問他們。

楊永樂拿出一個紅色絲線編成的如意結，「我在上面唸了祝福的咒語。」

元寶則拿出一朵火紅的月季花：「這是我在花園裡挑的，為了摘下來還扎到手。」

「不錯，都不錯！」我衷心地說。

「妳送什麼呢？」元寶問我。

這我早就準備好了。我笑著從書包裡抽出一條鮮豔得晃眼的黃圍巾。這是一條道道地地的真絲圍巾，足足花了我半年存下的零用錢。但當我在商店的櫥窗裡第一眼看到它的時候，就知道「就是它了」！

我幾乎能想像得出，它圍在小龍女脖子上時，那光潔美麗的樣子。

我們一起在食堂吃了晚飯，儘管媽媽買了不少菜，但我們都沒吃多少。

時鐘剛剛指向七點半，我們就等不及了。

「那麼，走吧！」

「好，走吧！」

「走，走……」

我跟著他們走在紅牆下的廊道上，毛衣裙呼呼地飄著。

我早就聽說過故宮裡有座水晶宮，但是卻從來沒去過。以前那裡是放文物的庫房，媽媽不許我去那裡玩。但是，一年前，故宮裡建了設備更好的新庫房，那裡就空下來了。

聽說，那是一棟西班牙式的建築，是隆裕皇太后為了養魚建的宮殿。

拐過延禧宮，往日連路燈都沒有的廣場上，此刻卻被籠罩在一片暖黃色的明亮中。空地上矗立著一座漢白玉的歐式宮殿，超大的玻璃窗閃閃發光。

我的心中湧起了一種不可思議的感覺。水晶宮居然這麼漂亮？為什麼一次都沒聽人提起過呢？

我和楊永樂、元寶走到門口的時候，一個穿著淡黃色長裙、繫著淡黃色髮帶的女孩站在那裡。她的臉蛋也好，眼皮也好，都是淡黃色的，一看就知道是菊花仙子。

她笑著說：「請讓我看一下請柬。」

我們連忙掏出請柬，我們三個的請柬除了名字以外都一模一樣。她看了

一下，就讓開了身體，「歡迎歡迎，請進吧！」

剛走進水晶宮我就嚇了一跳，身邊的牆壁、腳下的地板居然都是透明的玻璃。玻璃下面是大大的水池，五彩斑斕、不同樣子的魚和海怪在水池裡自由自在地游著，彷彿進入了巨大的水族館。

往上看，宮殿最高一層的八角圓頂上，八隻雪白的漢白玉鴿子從嘴裡噴水到水池中。燈火通明的宮殿裡，已經擠滿了比我們早到的客人。

楊永樂手一指說：「嘲風、天馬、斗牛他們都已經到了！」

我好像也發現了什麼，叫道：「蒙古神他們也來了！」

怪獸也好，仙人們也好，無論是誰都是一臉興奮。這樣的婚禮，無論在哪兒都不多見。

我們把精心挑選的禮物交給接待客人的仙人，就在夢幻般的宮殿裡閒逛起來。宮殿裡沒找到小龍女，也不知道哪個是新郎，連龍也不見影子。

他們應該正在忙著籌備吧！我想，穿上新娘禮服的龍女不知道有多漂亮呢？誰又是那個幸運的新郎呢？請柬上沒寫，門口也沒有放新娘、新郎的名牌。是故意保密的嗎？

就在這時，奇怪的嘩嘩聲在我耳邊響了起來。一開始，聲音又低又小，「呼」的一下響了起來。不知不覺，那聲音變成了波濤洶湧的大海的聲音，身邊的水池裡的水都跟著晃動了起來。當我醒悟過來的時候，所有的客人已經都端坐在椅子上了。

「喂！小雨，這邊。」

元寶正坐在座位上招呼我，他的身邊留了一個空位。

我趕緊走過去坐下。一坐下，所有的燈光就都暗了下來。只剩下一束燈光照在一扇玻璃門上。

「請新郎、新娘入場！」

玻璃門「唰」的一下向兩邊打開了。小龍女究竟嫁給了什麼樣的怪獸呢？

我定睛看去。

只看了一眼，我就愣住了。穿著狀元服、戴著大紅花走進來的居然是一個英俊的男人，他手裡牽著紅絲綢，絲綢那端是低著頭、蓋著紅蓋頭的小龍女。新郎居然是人類！龍怎麼會同意呢？他不是說，無論如何也不會把女兒嫁給人類，連仙人也不行的嗎？

「一拜天地。」

新郎和新娘對著天地拜了一下。

「二拜高堂。」

我一下子伸長了脖子，只看見新郎、新娘朝著坐在第一排的龍拜了下去。

唉？龍什麼時候進來的？我怎麼都沒看見。

龍滿臉笑容，一副很滿意的樣子。我更納悶了，這到底是怎麼回事呢？

難道新郎是怪獸故意變成人的樣子的？

「夫妻交拜。」

新郎掀起了新娘的紅蓋頭。

我從來沒見過這麼漂亮的新娘子，小龍女穿著紅色的嫁袍，上面用晃眼的金色絲線繡滿了花。她的臉像朝霞一樣的紅潤，眼睛像大海上的星星一樣美麗。一看就是個幸福的新娘子。

「這新郎到底是誰啊……」只是心裡想著，可是我的嘴裡卻問出了聲。

「是韓湘子。喵。」

不知什麼時候，野貓梨花已經蹲在我的腳邊了。

「妳什麼時候來的？」我吃驚地問。

「很早就來了，不過一直蹲在水池邊，那些魚也太饞人了。等到回過神來，這裡的座位都坐滿了。喵。」

梨花一下子就跳上了我的膝蓋。

「妳說新郎是韓湘子是瞎說的吧？」我問。

龍女和八仙之一韓湘子的愛情故事我不是沒聽說過。他們在月光下的沙灘，一個吹簫，一個跳舞，想想就覺得浪漫極了。不過那個時候龍不同意的婚事，現在怎麼又會同意呢？

「我什麼時候瞎說過？喵。」梨花不高興地噘起了嘴。

「可是龍不是說不讓小龍女嫁給人類嗎？連仙人也不行。」

「是這樣說過，所以小龍女第一次帶著韓湘子見龍的時候，龍就把他轟出去了。喵。」

「那龍怎麼改變主意了呢？」我輕聲問。

舞臺上，龍已經開始唸祝詞了。

「是因為這次，韓湘子帶來了自己不是人類的證據。喵。」梨花一綠一黃的眼睛骨碌碌地轉著。

「韓湘子不是人？」我大吃一驚。

「可不是，剛開始我還真不信呢！」梨花說，「不過最近查了元朝的古書《韓湘子引渡升仙會》，發現他真的是仙鶴變的。」

原來，《韓湘子引渡升仙會》裡記載，韓湘子原本是神仙東華公和西城公養的仙鶴，他常聽仙人們講道而深有感悟，但因為他只是鳥類，不能成仙。後來八仙中的呂洞賓教他變成人的魔法，於是他脫去羽毛，投胎在人類的家庭，由他的叔祖父韓愈養大。長大後，他拜呂洞賓為師，很快就成了仙人。

「人不同意，仙鶴就同意了，龍的想法還真奇怪啊！」我不禁感嘆。

梨花點點頭，說：「龍覺得仙人座下的仙鶴娶小龍女，這門婚事還算般配。」

儀式結束，菜一大盤接一大盤地端了上來，擺到桌子上。

都是見都沒見過的菜餚，看起來豪華極了。味道也好，比我以前參加媽媽朋友的婚禮時吃的菜不知要好吃多少倍。

梨花坐在我腿上，左一盤、右一盤的不知道吃了多少東西。我們都喝了酒，酒是淡綠色的，像美玉一樣透明，甜甜的很爽口。

然後，大家開始跳起舞來。這麼莊嚴的中式婚禮，突然跳起舞來，誰也不覺得奇怪。

怪獸啊、神仙啊、動物啊都高興得又唱又跳。連梨花都跑過去轉圈圈了。只剩我們三個人傻傻地坐在那裡。

「你會跳舞嗎？」元寶問楊永樂。

「不會，你呢？」楊永樂說。

元寶搖搖頭：「從來沒跳過。」

這時，突然有人在我肩上拍了一下。回頭一看，居然是吻獸。這次他沒有變成人，依然是怪獸的樣子，一雙綠寶石般的眼睛閃閃發光。

「願意和我跳支舞嗎？」他笑著說。

我站起來，抬頭看著他說：「我很願意，不過你是要讓我坐到你的肩膀上跳舞嗎？」

怪獸吻獸足足有七八個我那麼高，我連他的膝蓋都搆不到。

「那，這個樣子呢？」

一陣白色的煙霧，吻獸已經又變成了那個白皙臉龐的英俊的少年。

「這樣行了！」

我拉住吻獸的手，在水晶宮玻璃的穹頂下轉著圈。吻獸跳得可真好，輕盈得像飛一樣。我的臉通紅，幸福得像做夢一樣。如果這是夢，真希望它永遠不要醒啊！

我突然開始羨慕起小龍女來，她多幸運啊！嫁給了自己喜歡的男人。

我長大後又會嫁給什麼樣的人呢？他會不會有吻獸這樣英俊，像吻獸這樣體貼？我的胸膛撲通撲通地跳了起來，眼睛再也不敢直視吻獸的眼睛了。

「喂！我帶妳去看一個地方。」吻獸輕輕地在我耳邊說。

我點點頭。

他拉著我擠出跳舞的人群，順著玻璃樓梯向下跑去。我的鞋子在玻璃樓梯上發出「啪、啪」的聲音，往上看去，剛才的玻璃地板變成一扇巨大的天窗，上面晃動著無數隻腳。

我耳邊響起「嘩嘩」的水聲，是玻璃地板下的水池，藍色的水池在明亮的燈光下，清澈見底。魚啊、蝦啊、海龜啊，還有神奇的海怪就在帶著光影的水池裡順暢地游著。

吻獸貼著我的耳邊輕聲說：「我們划船吧！」

我這才注意到，玻璃樓梯的終點就是一艘深藍色的小船。吻獸把船從樁子上解下來，跳上船。

「上來啊！」

我想都沒想就上了船，如柳葉一樣的小船搖晃起來。

「要走嘍！」吻獸看著我。

我點點頭。連去哪兒都沒有問。

他綠色的眼睛笑了。

於是，小船便在藍寶石般的水裡滑動了起來。身邊，不時有彩色的魚穿過荷葉和浮萍，近得伸手就能碰到他們的脊背似的。小船離開了水池，進入了一條只有一船寬的水道。沿著水道，我們居然划出了水晶宮。

「看，我們就這樣悄悄地逃走了。」吻獸孩子氣地笑了。

外面已經一片漆黑了，唯有水晶宮的燈光把四周照得通明。我望著越來越遠的玻璃宮殿，這真的不是夢嗎？

水道突然開闊起來，小船划入了一個水塘。我朝四周張望。咦？這不是御花園的水池嗎？沒想到水晶宮的水池居然能通到這裡。

「小雨……」吻獸溫柔地叫我。

「嗯？」

「妳看，星星在水裡呢！」

我低頭看著黑黝黝的水面，閃亮的星星就像是水鑽一樣倒映在上面。

「我去撈最亮的一顆給妳……」

話還沒說完，就聽「撲通」一聲，吻獸已經跳到了水裡。

「喂……」

我趴到船邊的時候，吻獸已經不見了，剩下的只有一圈、一圈慢慢擴大的漣漪。

我就這樣被扔在了御花園的水池上，等了很久，等到臉都被夜風吹得冰涼，也沒看到吻獸浮出水面。

我一個人划船上岸，一個人走回媽媽的辦公室，媽媽已經趴在電腦前睡著了。

吻獸去哪裡撈星星了呢？又有哪顆星星能比他的眼睛更明亮呢？

第二天放學，天還亮著，我一個人跑到水晶宮。

這還是我昨天看到的玻璃宮殿嗎？我簡直不敢相信自己的眼睛。

明亮的玻璃窗、玻璃地板、玻璃牆壁、巨大的水晶燈、藍色的水影、五彩斑斕的魚……哪裡還有這些東西的影子？

眼前是一座破爛不堪的歐式漢白玉宮殿，空空的窗框沒有一扇玻璃，鏽跡斑斑的圓頂，被雨水腐蝕得不成樣子的鴿子雕塑……只能隱隱約約看出昨天晚上那美麗的輪廓。

我深吸了一口氣，彷彿剛從一場美夢中醒來。

伍

巫師的謊言

楊永樂沒見過他媽媽。

他爸爸每半年會來看他一次，但他媽媽一次都沒有。

他舅舅說，因為他媽媽是樹精。

「我媽媽是你妹妹，你怎麼不是樹精？」

還很小的時候，楊永樂就這樣問過他舅舅。

「我是薩滿巫師。」他舅舅回答，「我們家的男人都是薩滿巫師。女人都是樹精。」

「姥姥也是樹精？」

楊永樂從小跟著姥姥長大。他的印象裡，姥姥總是穿著深藍色碎白道花紋布衣服，笑瞇瞇地坐在那裡。

這麼慈祥的老人，在他五歲那年卻突然去世了。

「姥姥是回到她出生的森林裡去了。」舅舅對哭得滿臉眼淚的楊永樂說，

「樹精是不會死的，她只是變回樹了。」

舅舅還答應他，等到他十六歲就帶他去那片藍莓特別甜的森林。

舅舅家只有一張他媽媽的照片，那是個年輕、單眼皮的女人，抱著還是小嬰兒的楊永樂。他偷偷拿給我看。

「她不像是樹精。」我看著照片說。

「妳又沒見過樹精。」

楊永樂從我手裡搶過照片。

「可是我見過花仙。」

我有點不服氣。

「花仙和樹精不一樣。」他嘴硬。

人真的能和樹精結婚嗎？我不相信。

「你媽媽現在住在哪？」我問他。

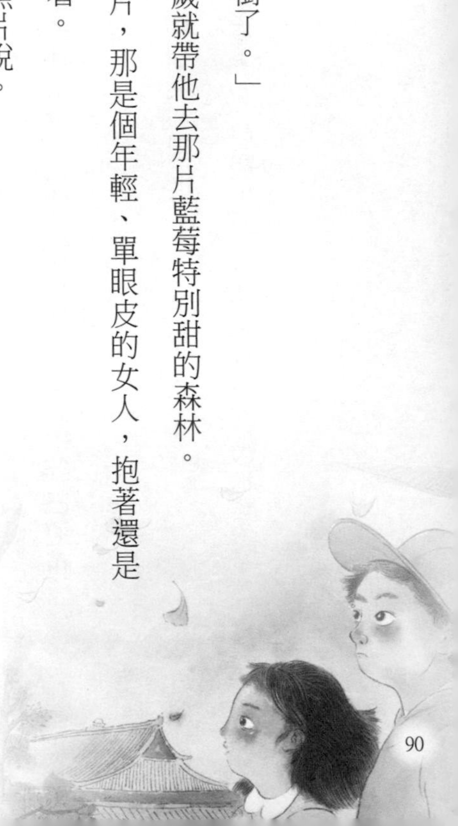

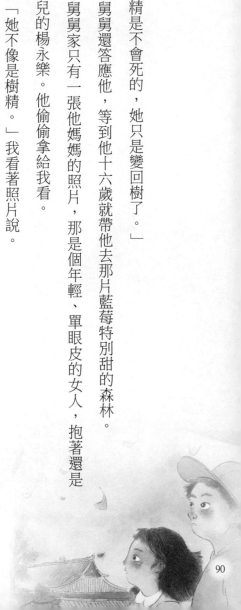

他回答：「沒人能知道樹精住在哪兒。」

我不問了，如果以為媽媽是樹精能讓他好過一點，我幹嘛要讓他難過呢？

一個天特別藍、特別高的午後，楊永樂穿了件嶄新的藍外套來我媽媽辦公室找我和元寶玩。元寶不在，員警叔叔帶他去確認他家的資訊了。

「咱們去建福宮花園玩吧？」我對楊永樂說。

他卻搖搖頭。

「舅舅說，晚上我要見特別重要的客人，不能把衣服弄髒。」

「什麼客人呢？」我有點好奇了。

「不知道，舅舅說是他的熟人。」

這可太奇怪了，和楊永樂認識這麼久，我還從來沒聽說過他舅舅有朋友呢！連我媽都說，楊永樂的舅舅性格內向，就算是同事，也不是那麼能合得來。

「你們在故宮裡見面？」我接著問。

楊永樂點點頭，說：「舅舅說，那位客人會到失物招領處來，還會和我們一起去食堂吃飯。」

「那就是說，我也能見到那位客人嘍？」

不知道為什麼，我對這位客人特別感興趣。

「如果，妳也是那個時間吃飯的話……」

「是男客人還是女客人？」

「我也不知道。」

他搖搖頭。

我和楊永樂在院子裡玩了一會兒我的滑板車，他的技術比我好，一個跟頭都沒摔。我卻摔了好幾個大跟頭。還沒天黑，楊永樂就匆匆忙忙地離開了，

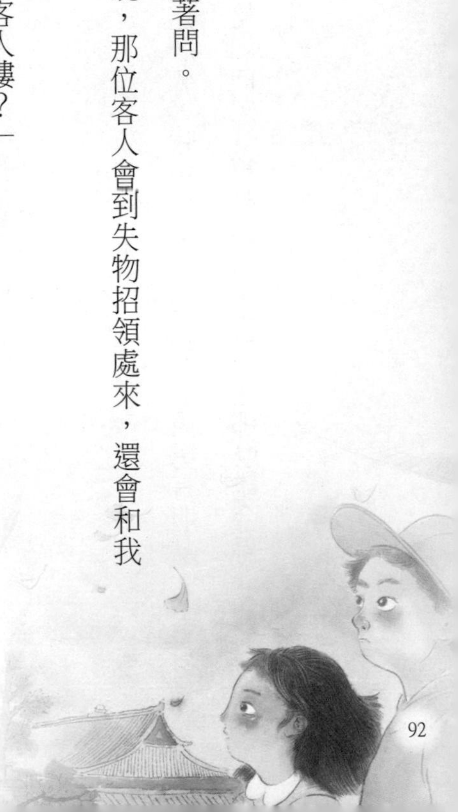

走的時候，那件天藍色的外套還是嶄新的樣子。

他一走，我就拿著飯盒和飯卡去食堂了。

「這麼早就餓了？」媽媽好奇地看著我。

「可不是，秋天肚子餓得特別快。」

我一溜煙地跑了。

食堂還沒開始營業，空蕩蕩的。我晃蕩著腳坐在門口的板凳上，這樣每一個進門的人我就都能看見了。

「小雨這麼早就來了？」食堂的大師傅看見，我笑瞇瞇地問：「怎麼知道今天晚上吃四喜丸子的？」

「四喜丸子？太棒了！」我高興地說。

可是，我心裡清楚，今天晚上有比四喜丸子更重要的事情。我有預感，楊永樂舅舅的那位客人，一定是個不平凡的客人。

來食堂的人越來越多，有我熟悉的叔叔、阿姨，也有我不認識的。

「喂！小雨，妳媽媽呢？」

「小雨怎麼今天給食堂看門啊？」

「幾天沒見，小雨又長高了呢！」

他們一邊這樣說著，一邊一個接一個地推開玻璃門走了進來……

「是啊，是啊！」

無論誰和我說話，我都一一回應，眼睛卻眨都不敢眨一下地盯著下一個進來的人，連打飯的時候，眼睛都瞄著門口。

可是一直等到我把四喜丸子吃了個精光，還沒有看見楊永樂和他舅舅的影子。他們不會不來了吧？也許，是請客人到故宮外街上的餐館去吃飯了吧？這麼一想，我有點著急了。

可是就在這個時候，食堂的玻璃門打開了。

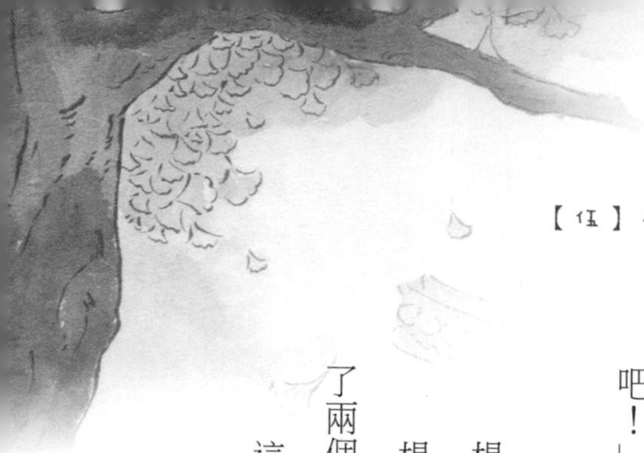

穿著嶄新藍外套、頭髮梳得特別整齊的楊永樂和他的舅舅走了進來。後面，還跟著一個美麗的女客人，穿著耀眼的黃色套裙，身上散發著一股好聞的味道。

「今天怎麼來得這麼晚，四喜丸子都賣光了。」食堂的大師傅和楊永樂的舅舅打著招呼。

「嗯，來了客人。」楊永樂的舅舅點點頭，說，「那就買點還剩下的菜吧！」

「要不要給你熱一熱？」大師傅好心地問。

楊永樂的舅舅搖搖頭，說：「不用了。」

楊永樂帶著女客人坐到靠邊的座位上。女客人抬起頭，淺淺一笑，露出了兩個酒窩。她的眼睛一刻都沒有離開楊永樂的臉。

這時，我卻愣在那裡了。不知道為什麼，女客人這張臉有點像照片裡楊永樂媽媽的樣子。我目不轉睛地盯著她。

女客人不停地在問楊永樂什麼，楊永樂不好意思地低著頭，乖乖回答著問題，不時用眼睛偷偷瞄她一眼。

突然，不知道楊永樂說了什麼，女客人瞇起眼睛笑了。越看，我越覺得她長得像照片裡楊永樂的媽媽。

我突然有一種奇怪的感覺，也許說不定……她……是的，也許說不定，她就是楊永樂從沒見過面的媽媽吧！會是真的嗎？也許，楊永樂的媽媽終於從很遠、很遠的地方回來了，從此就不再離開了吧！

想到這裡，我的心突突跳個不停。如果這是真的，我真想高興得轉圈圈。

眼前的三個人吃起晚飯來。食堂裡除了我和他們已經沒有任何人了，飯菜也早就涼了。可是，三個人卻都吃得津津有味的樣子。看得出，他們的心情都很愉快。

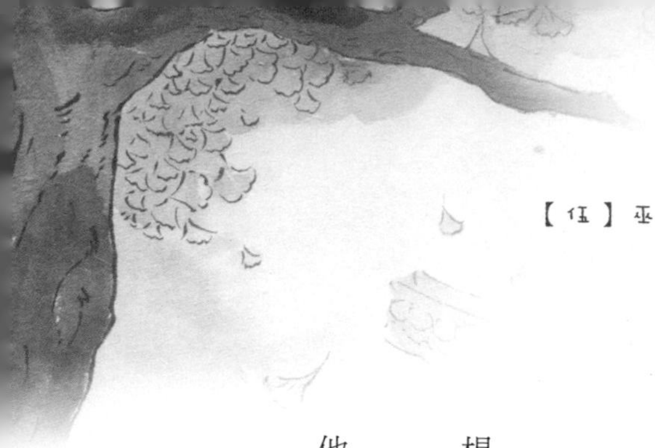

食堂要關門了，打掃的大嬸用大塊的抹布，把一張張桌面擦得亮亮的。

女客人也要離開了，走之前，她拿出一頂棒球帽，和她的套裙一樣，也是燦爛的黃色。她親手把帽子戴到楊永樂頭上，又依依不捨地摸了摸他的臉，就和楊永樂舅舅一起推開玻璃門離開了。

楊永樂呆呆地站在食堂的座位前，看著他們的背影。

我跑過去，問：「楊永樂！那是不是你媽媽？」

「啊？」楊永樂愣住了。

「她長得很像照片裡你的媽媽，不是嗎？」我著急地問。

楊永樂點點頭，說：「妳這麼一說我才覺得真的有點像呢！」

「你沒有問？」

他搖搖頭。

「那我們追上她問清楚！」

他們一定會從員工出入的小門離開，如果跑得快，應該還追得上。

我使勁一拉楊永樂的手，他像被拽著似的，跟在我後面跑了起來。

「這邊，這邊。」

我們在昏暗得像隧道一樣的路上跑了起來。好，這個路口右轉，下一個要左轉。應該就會看到他們倆了吧？

等等，我突然看到相反方向的圍牆邊，露出一個明黃色的裙角。啊！是女客人的裙子。

我趕緊改變方向，向那邊跑去。那不是出口的方向，楊永樂的舅舅和女客人到底要去哪兒呢？一邊跑我一邊納悶。

右轉，右轉，又是右轉……

每當我快迷失方向的時候，就會看到耀眼的黃色在我的眼前一閃。我就拉著楊永樂，想也不想地追過去。

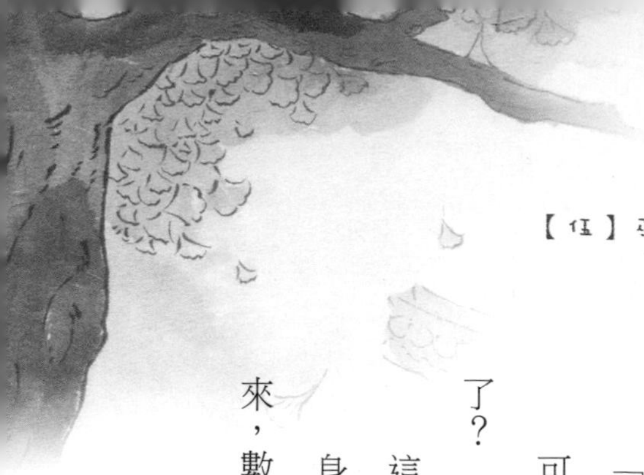

也不知道追了多久，追到了哪裡，再也看不到女客人的影子了。

「他們到底去哪兒了呢？」

我停了下來。楊永樂在我身後喘著氣。

「我們怎麼跑到這裡來了？」

他抬起頭看著周圍。

「這是？」我也抬起頭。

「這不是慈寧宮花園嗎？」

可不是，這就是剛剛對遊客開放的慈寧宮花園啊！我們怎麼跑到這裡來了？

這時，起風了。

身邊的銀杏樹「唰唰」作響，金黃色的葉子像雨一樣「嘩啦啦」地飄下來，數量多得驚人。不久，陽光般的黃色樹葉就鋪了一地。

黑沉沉的地面上，那黃色比檸檬還要鮮豔，比月光還要清澈。它們落到我的頭上，散發著好聞的味道。落到楊永樂黃色的棒球帽上，那顏色居然和帽子的顏色一模一樣。

我突然想到了什麼，這顏色，不是和女客人套裙的顏色一樣的嗎？

難道，剛才的女客人……

「那個女客人，不會是銀杏樹的樹精吧？」

我倒吸了一口涼氣。

聽我這麼說，楊永樂一下子坐到了地上，仰頭朝銀杏樹上望去。那上面，都是被秋天的陽光曬得金黃的樹葉。

「那我媽媽……」

也許，楊永樂的舅舅沒有騙人，楊永樂的媽媽就是銀杏樹的樹精。

「嗯，說不定她就是你的樹精媽媽。」

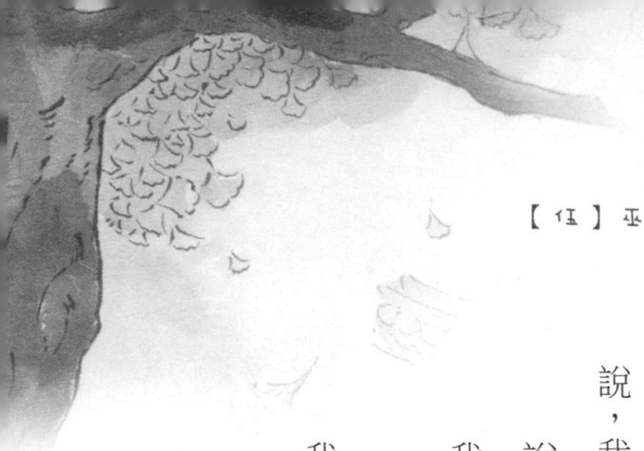

【伍】巫師的謊言

「妳是說，我媽媽就是這片銀杏林裡的一棵銀杏樹？」

他低下頭，一副傷心的模樣。

「也說不定我們跑錯方向了……」

看他這麼傷心，我趕緊說。我不想讓楊永樂再傷心了。

「那個女客人，到底有沒有告訴你她是誰啊？」我問他。

楊永樂搖搖頭：「她只說是我媽媽的朋友，很小的時候就見過我了。還說，我長得像媽媽。」

說著說著，他的眼圈就紅了。

我慌了，認識這麼久，我還沒見過他掉眼淚呢！

「不……不過，帽子真漂亮。」

我趕緊轉移話題。

「嗯！」他不好意思地擦了一下眼睛，眼淚就不見了。「她說這是一頂有魔法的帽子。」

「魔法？」我睜大眼睛。

「她說，白天戴著帽子的時候，就能聞到陽光的味道。」

「真的？」我羨慕極了。突然，我想起來了，那個女客人身上暖烘烘的香味，就是陽光的香味吧！

「明天，把帽子借給我戴戴可以嗎？」我問。

楊永樂大方地點點頭，說：「沒問題。」

我把他從地上拉起來，踩著銀杏樹葉鋪成的黃色地毯，慢吞吞地向辦公區走去。身後，秋風吹過慈寧宮花園的銀杏樹們，發出一陣好聽的聲音。

陸

和風神玩撲克牌

「一、二、三、四……幫我一起數啊！」

我像個彈性十足的皮球似的，輕盈地跳著繩。我跳繩跳得最好了，元寶居然提出要和我比賽，一定要給他點顏色看看。

「五十一、五十二、五十三……」

快要到一百下了！我的心「通通」跳個不停。跳一百下的話，他怎麼也趕不上吧！正這麼想著，突然跳繩就被腳絆住了。我停了下來。

「九十六下。」

真可惜。

我把跳繩交給一旁的元寶。

「該你了！」

「不行，要讓楊永樂先跳。」

元寶開始耍賴了。

我得意地笑了笑。他是怕比不過我吧！

我把跳繩遞給站在一旁發呆的楊永樂。

「你跳嗎？」

楊永樂沒說話，只是目不轉睛地盯著我的胸前。

「怎麼了？」

我奇怪地摸摸自己的脖子。啊！是項鍊！繫著洞光寶石耳環的項鍊不知道什麼時候自己跑出來了。

我緊緊握住胸前的耳環。一定是剛才跳繩的時候，一跳一跳的，項鍊就跑出來了。

「那耳環和我的洞光寶石耳環一模一樣。」

說著，楊永樂從脖子裡掏出拴著耳環的細繩給我看。

我屏住呼吸湊過去，雖然早就知道另一個洞光寶石耳環在他那裡，可是我還從來沒機會這麼近地看這個耳環。小小的、星星般閃亮的寶石在我眼前一晃一晃的。楊永樂說的沒錯，他的耳環和我的那只一模一樣。

我把我的耳環從脖子上拿下來，放到他那個耳環的旁邊。

「看，它們應該是一對的。」我說。

「怪不得妳也能聽懂怪獸和動物們的話……」

「我應該早點告訴你的。」我低著頭說。

「現在知道也不晚。」楊永樂卻沒露出一點生氣的樣子，他接著問，「不過，妳是怎麼拿到這個耳環的呢？」

我一句一句地說了起來，在太和殿前撿到了耳環，本來想尋找它的主人，結果因為神奇的事情接連發生，就怎麼也捨不得把它還給別人了。

「這個耳環，不會……不會……就是你掉的吧？」我擔心地問。

楊永樂搖搖頭，他突然放低了聲音說：「我的這個耳環，也是撿到的

呢！」

我睜大了眼睛：「你上次說，是你舅舅送你的……」

「妳說的是上次和中元節的那個鬼魂聊天的時候吧？那呀，是騙他的。」他擺出一副裝腔作勢的樣子，說，「對鬼魂，怎麼能說真話呢？」

對鬼魂就要說謊嗎？我皺皺眉。要是平時，我一定會和他爭論個幾句，不過現在我更關心另一個問題。

「你是在哪裡撿到的？」

「在太和殿後面的廣場上。」楊永樂說，「去年夏天的時候。」

「我也差不多是在那時候撿到的！」

我們都不說話了。這難道不是很奇怪嗎？在差不多的時間，差不多的地點，兩個耳環都被丟在相隔不遠的地方。怎麼想，都覺得是有人故意這麼做的。可是誰會把這麼寶貴的耳環故意丟掉呢？

「我也好想撿到這樣的耳環啊！」

元寶把兩個耳環都拿到手裡，羨慕地說。

「能聽懂怪獸、神仙、動物的話……我也來體會一下。」

說著，他把兩個耳環，一邊一個地戴到了耳朵上，陶醉似的瞇縫起了眼睛。

突然，陽光一下變得強烈起來，照到我們的眼睛上，像是撒下來一把金粉似的，我們的眼睛都睜不開了。

怪了，明明太陽都快下山了啊，我想。

接著飄來了一股花香，淡淡的那種，我身上有了一種很舒適的倦意。

很快耳邊響起了奇怪的聲音，是樹在風中簌簌作響的聲音、有人低聲說話的聲音、小動物們活動的聲音……

我吃驚地睜開眼睛，朝著四周打量了一下。

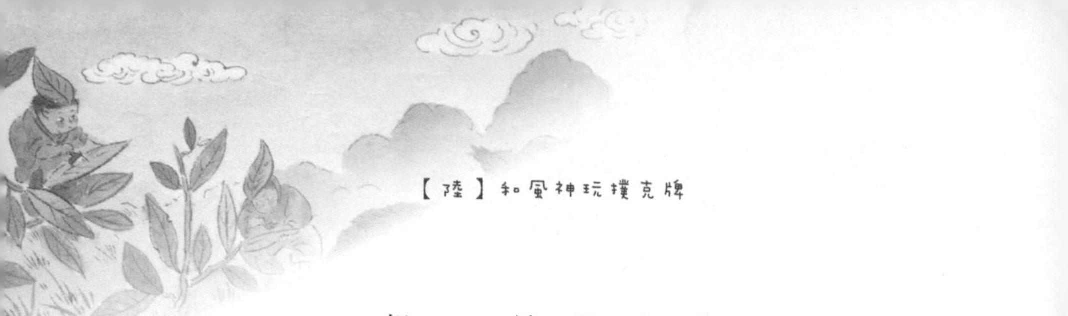

「天啊！」我大聲叫了起來。

我們的周圍，剛才還靜悄悄的慈寧宮花園，此刻卻熱鬧得像是個菜市場。

穿著華麗衣裙的花仙們正忙著打包行李，把一朵朵凋謝的花朵裝進棕色的大旅行箱裡，種子也是。那些穿著綠色短褲的小矮人是草精靈吧？他們每人手裡都拿著油漆桶，把綠油油的草塗成漂亮的金黃色。那些高大的男人就是傳說中的樹仙吧？他們的臉是樹皮的顏色，眼睛放著光，長著令人吃驚的長鼻子。

同樣忙碌的還有動物們，松鼠們將樹仙們扔下來的一顆顆松果堆在一起，一大群刺蝟背上背滿了橘色的大柿子，老鼠叼著乾草準備做窩……

「這是怎麼回事呢？」我睜大了眼睛。

「哈哈哈……」

一團團黑色的小東西不知道什麼時候把元寶圍了起來。我定睛一看，是一群老鼠。

「好奇怪……」

「男孩戴著耳環，什麼樣子……」

「沒見過這個男孩呢……」

「……」

元寶聽了，紅著臉把耳環從耳朵上拿了下來。

「喂，小雨。」

我一驚，順著聲音望去，只見花圃旁邊，坐著一個穿黃色連身裙、嘴唇紅紅的女孩。

這不是菊花仙子嗎?她正盯著我看呢!

「喲，菊花仙子，您也在?」我眨巴著眼睛。

菊花仙子點點頭，說：「正在收拾行李呢!」

我走過去，看見地上放著一個特別大的旅行箱。

「這是要出遠門嗎？」

「是啊！要找個暖和的地方待待，明年秋天再回來了。」她笑瞇瞇地說。

「怎麼今天大家都在忙著搬家呀？」我感嘆道。

「後天就要立冬了，花草都要躲到暖和的地方，動物們也要冬眠了。」

原來是這樣啊！我還想問問

菊花仙子要去哪裡過冬，偏偏這個時候，元寶對著我大叫起來：「小雨，妳玩不玩撲克牌？」

「玩牌？」

我這才發現，他腳邊的一隻大老鼠手裡拿著一大把撲克牌。和老鼠們玩撲克牌？我不知道該說什麼。

「對對，一起玩牌吧！」

菊花仙子站起來，拉著我就向老鼠們走去。

草精靈也不工作了，樹精們從樹枝上跳下來，連披著透明斗篷的風神都來了。看來大家都喜歡玩撲克牌。

所有的精靈和動物都圍坐了一個大圈。我、元寶、楊永樂也進到圈裡。

到底玩哪種牌呢？我心裡嘀咕著，可不是所有撲克牌我都會玩。

「事先說好了。」拿著撲克牌的大老鼠豎起了鬍鬚，「誰玩牌輸了，就

要拿出一樣東西送給贏家，無論送的東西是什麼，都不能再要回來，也不許耍賴。」

啊！這不是賭博嗎？我有點後悔加入了，但不知道這時候退出還來不來得及。

我偷偷瞄瞄楊永樂和元寶，他們倆倒是一副躍躍欲試的樣子，沒有一點要退出的意思。

沒辦法，我也只能安安靜靜地坐著了。

老鼠開始發牌了，接過牌的人都一臉認真地沉思著，也有「啊……」地呻吟一聲，還有一隻刺蝟乾脆「咯咯」地笑了起來，看來是拿到什麼好牌了。

我凝視著發給自己的牌，一張「3」、一張「K」，還有一張白紙。

「這是怎麼回事呢？」

我想讓旁邊的元寶看看我的牌。可是大老鼠生氣地制止了。

「喂！不能讓別人看妳的牌。」

我趕緊把牌拿回來。這可糟糕了，帶白紙的撲克牌我可從來沒玩過。

就這樣，我玩起了根本不知道怎麼回事的撲克牌。沒別的辦法，我只能學著別人的樣子，開始瞎出了。

「7！」

「我出J。」

……

輪到我了，我手裡只剩下一張白紙了。

「白紙。」

我一出，大家就七嘴八舌地叫了起來。

「妳還有這麼大的牌？」

「牌技真好啊！」

「真看不出來……」

「這盤小雨贏了。」

我莫名其妙地坐在那裡，也不明白自己怎麼贏的。我望了望元寶和楊永樂，他們都皺著眉頭，看來他們也不知道這是什麼玩法。

大老鼠站了起來：

「這盤的輸家是風神，贏家是小雨，風神送什麼東西給小雨呢？」

風神想了想，對我說：「送股風給妳怎麼樣？」

「風？」我眨眨眼睛，說，「可以是可以，不過我怎麼拿呢？」

「很方便，很方便。」風神說，「用塑膠袋裝也可以，沒有塑膠袋的話，現在就用了也行啊！」

「風……怎麼用呢？」我瞪大了眼睛。

「風可是好東西。」

說著，風神就對著我，從嘴裡吹出一陣暖風來。我的身子一下子變得輕了起來，腳浮到了空中。接著，我就變得像能在空中游泳一樣。

太厲害了！我飛起來了！實在是太高興了。

我飛過慈寧宮的宮殿，飛過松樹的樹梢，感覺非常痛快。

「別飛遠了啊！」

是風神的聲音，原來他變成了風和我一起飛呢！

「該回去了。準備降落吧！」他說。

最後一陣秋天的風從我背上颳了過去，我的腳穩穩站在了慈寧宮花園的鵝卵石地面上。

「接著玩吧！」大老鼠晃著手裡的撲克牌。

我點點頭，坐回到圈裡。經過這次，我變得特別想贏牌了。如果再贏了的話，不知道還會有什麼好玩的事情發生呢！我心裡想著，連拿牌都變得慎重起來。

可是越這麼想，就越贏不了似的。剛才不在意就贏了牌，現在認真琢磨，反而一次都贏不了。

不但沒贏，沒玩幾盤，我還輸掉了頭上閃閃發亮的新髮夾。鑲著粉色水鑽的小髮夾，是我存了好久的錢才買到的，今天才第二次戴。

元寶比我好不了多少，他輸掉了我媽媽買給他的新毛線手套。

只有楊永樂不但什麼都沒輸，還贏了月季花神一杯花蜜，贏了楓葉樹精的一片紅葉。真了不起。

也不知道玩了多久，大家都玩累了。

花仙、樹精和動物們拿出了熱呼呼的菊花蜂蜜茶、水晶桂花糕和紅棗栗子糕。無論是茶還是點心，味道都好極了。

吃完茶點，大老鼠又舉起了牌說：「接著玩吧！」

「會不會太晚了？」一隻胖嘟嘟的刺蝟問。

「不會，不會，時間還早著呢！」老鼠們起哄。

我抬頭看看天空，四周已經漸漸暗了下來，天空染上了一層丁香色，太陽躲到了西山的後面。在越來越擴大的黑暗中，花仙、樹精、風神、草精靈的身影看起來有點模糊了。

「砰」的一聲，頭頂上的路燈亮了起來，周圍徹底籠罩在了黑暗中。

我、元寶、楊永樂呆呆地坐在圈子裡。看著身邊的花仙、樹精、風神、草精靈一個個慢慢消失得無影無蹤。剩下的，只有嘰嘰喳喳的老鼠們、胖嘟嘟的刺蝟們和拖著大尾巴的松鼠。

「太黑了，牌都看不清了，散了吧！」

不知道誰說了這麼一句，動物們就都「呼啦啦」地跑掉了。

慈寧宮的花園一下子又安靜下來，連風聲都沒有了。

我們手裡還握著沒來得及打出去的撲克牌。可是這些撲克牌怎麼感覺比剛才輕了呢？

我們拿著撲克牌放在路燈下一看，不由得吃了一驚。撲克牌已經變成了楊樹的葉子，都是發黃的、有點乾枯的樹葉。

「你贏的東西呢？」元寶趕緊問。

楊永樂往身邊一摸，還好，漂亮得像火一樣的紅楓葉，聞起來還帶著花香的蜂蜜都還好好的。

「沒想到你玩牌這麼厲害！」元寶佩服地對楊永樂說。

楊永樂用鼻子「哼」了一聲。

「薩滿巫師玩牌從來不輸的。」

「但為什麼那些花仙一下子就跑了呢？」元寶問。

「沒有陽光了啊！」我回答，「怪獸海馬說過，洞光寶石只有在有陽光的時候才會看到隱身的神仙們。」

「也就是說，他們現在還在我們身邊，只是隱身了？」

元寶環顧著四周。

「有可能走了，也有可能還在。」我說。

元寶想了想，突然把手彎成喇叭的形狀，大聲說：「下次還要一起玩牌啊！」

我們一起走出慈寧宮花園，晚飯的時間到了，遠遠地就聞到了食堂裡飯菜的香味。

「我回去要好好練牌技。」元寶說，「下次把我的手套贏回來，最好也能贏上一股風。」

他剛這麼說，就有一股強風吹過，我們都冷得縮起了脖子。

「天冷得手都凍僵了。」楊永樂說。

「是啊！冬天來了。」我點點頭，「要是能和菊花仙子去暖和的地方過冬就好了。」

柒

來串門的鎮水獸

「嗚……嗚……」

半夜三更，在故宮裡響起了奇怪的回聲，還有比這更可怕的事情嗎？

故宮裡值夜班的人全跑出來了，大多還都穿著睡衣。媽媽披著大衣，右手緊緊握著我的手。

「怎麼回事？」

「什麼聲音？」

「那聲音太奇怪了……」

大家站在壽康宮前空曠的廣場上，不知道該怎麼辦才好。

「嗚……嗚……」

那聲音又來了。仔細聽，就像是巨大的圓號發出的聲音，也像是深冬時，猛烈的北風穿過山道的迴響。聲音把熟睡的鳥兒們都驚醒了，「呼啦」一聲飛得老遠。

值班的警衛長帶著幾個人朝著發出聲音的方向跑去。等他們回來時，手裡卻多了一根奇怪的管子。這根管子短短的，也就大拇指那麼粗，黑漆漆的，看不出是什麼做的。

「看到了嗎？」

「怎麼回事？」

「這是什麼？」

大家都圍了上去。

「不知道是誰在惡作劇。」警衛長搖搖頭，說，「人沒抓到，就看見這根管子插在太和殿旁邊的白玉柱頭上。」

媽媽接過管子，仔細看了看。

「是最不起眼的那個白玉柱頭上吧！」她問，「就是上面有個大窟窿的那個？」

警衛長點點頭，說：「沒錯，就是那個柱頭上。」

「嗯，是這樣啊！」媽媽嘆了口氣，說，「居然還有人記得這種事，究竟是誰呢？」

「這根管子和那個聲音有關？」我忍不住問。

「這根管子只要插到那個窟窿裡，往裡吹氣，整個故宮就會發出『嗚嗚』的回聲。」

她說，很久以前，那時候故宮裡還住著皇帝。每當宮裡發生災難的時候，就會有太監拿著特製的管子插進那個柱頭的窟窿使勁地吹，然後整個宮殿都會發出奇怪的回聲，就像現在的警報聲一樣，人們聽到這種回聲就會逃命。

「但是，時間久了，就很少有人記得這件事了。」媽媽的眼中露出深思的神色。

不過，既然是惡作劇，也就沒有多少人害怕了。大家都回去睡覺，警衛長也決定明天再去查是誰在惡作劇。

第二天放學的時候，我拿著新買的貓罐頭，去餵野貓梨花。

「昨天晚上，那個奇怪的聲音妳聽到了嗎？」我蹲下來問她。

「聽到了，那麼大的聲音，誰會聽不到？鴿子們聽到都逃命去了，到現在還沒回來。喵。」梨花舔了舔鬍子。

「他們說是有人在惡作劇，往那個有窟窿的柱頭裡吹氣。」我告訴她。

她搖搖頭，說：「不是惡作劇，不是惡作劇。是蚣蝮吹的，他昨天晚上來故宮拜訪親戚，就把柱頭吹響了。他是在告訴龍和他的兄弟們，『我來了』，『我來了』。喵。」

梨花說，怪獸蚣蝮也是龍的兒子之一。但是很久很久以前，他觸犯了天條，被壓在巨大沉重的龜殼下看守運河一千年。不久前，他才重獲自由，脫離了龜殼。

「那他現在住在哪兒呢？」我問。

「在鼓樓的南邊，有一座漢白玉砌的石橋，那下面就是古運河。蚣蝮就住在石橋的東側。喵。」

「我知道那兒，石橋的上面修了馬路。」

「沒錯。喵。聽說修路的人本來想拆了石橋，但是一個老人告訴他，如果動了石橋下面的蚣蝮，北京城就會被水淹沒七年。所以修路的人改變了設計，把路變得和石橋一樣寬。這樣就不用拆石橋，也不會打擾到橋下的蚣蝮了。」

「妳知道的還真多啊！」我佩服地看著梨花。

「我也是今天早上才聽斗牛說的。喵。」梨花實話實說。

天色不早了，圓圓的月亮升了起來，對著月亮，梨花的尾巴豎得直直的。

「我要走了。喵。」

「這麼著急，要去哪兒呢？」

「蚣蝮來了，龍在漱芳齋舉辦月光宴會，一起去看看吧？喵。」

月光宴會，光聽名字就覺得太誘人了。但是，今天的作業可是一點都沒做呢！明天的語文考試也還沒準備。

於是，我咬著牙搖了搖頭：「不去了，明天要考試。」

「那我走了。喵。」

野貓梨花「唰」地跳到紅色的圍牆上面，彷彿溶化在黑暗中似的消失了。

月光靜靜地灑落下來，看起來，琉璃瓦鋪的屋頂像是一片金色海洋。

我「呼……」地吐出白氣，不能去龍的宴會，怎麼想都覺得可惜。

就在那天晚上，有人「咚咚」地敲媽媽辦公室的玻璃窗。

「小雨，小雨，妳起來一下。喵。」

是梨花的聲音。

我把窗戶打開一條縫。冰涼的風「颼——」地吹進來，梨花在風中，一口氣地說：「有客人來找妳幫忙，妳能不能來院子裡一趟。喵。」

「客人？」

我往院子裡看去，鋪滿月光的院子裡，映著一個大大的影子，一看就知道是個怪獸。

「是龍的兒子蚣蝮啊！」梨花說，「就是剛才我和妳說起的那個。喵。」

我呆住了。鎮水怪獸蚣蝮？他來找我做什麼呢？

「我能幫上他什麼忙呢？」

「先出來看一下就知道了。」梨花催促著我。

我披上大衣，回頭看看睡在床上的媽媽，她「呼呼」地睡得正香。

我推門來到院子裡，一個長著龍一樣的頭，青蛙一樣的腳、鱷魚一樣的身體的大怪獸正一動也不動地趴在地上。

「你就是蚣蝮嗎？」我望著他。

「就是我啊！」蚣蝮重重嘆了口氣，說，「第一次見面就來找妳幫忙，真是不好意思。」

「但是我能幫你什麼忙呢？」

再怎麼說，我也只是個五年級的小學生而已，力量有限，知道的東西也有限，所以不太有自信。

「是這樣的，小雨。」

蚣蝮居然知道我的名字。

「我啊，年輕的時候闖了禍，被罰戴上烏龜殼看守運河一千年。那烏龜

殼又沉又重，夏天的時候還熱得要命。前幾天，好不容易時間到了，我到東海找了個無名小島，悄悄脫掉了烏龜殼。」他接著說，「本來以為，這下可以舒舒服服地過日子了。可是沒多久問題就來了，烏龜殼還沒脫幾天，後背就因為不習慣水氣長了紅疹子，又癢又痛，難受極了。」

蚣蝮痛苦地搖著頭，說：「這次來故宮看望父親大人和兄弟們，本來也想讓他們想想辦法。可是，什麼辦法都試了。疹子卻更嚴重了。」

「又是火燒，又是海水淋，疹子不嚴重才怪呢！喵。」一旁的梨花插嘴說。

蚣蝮點點頭，說：「他們都不懂醫術啊！只能找小雨來想辦法了。」

我的頭有點暈了。

「可是我又不是醫生……」

「妳先去看看再說吧！喵。」

梨花用身子推著我的腳。

我為難地走到蚣蝮的身邊。月光下，他閃閃發光的鱗甲上，的確長滿了紅色的小水泡，就像夏天的時候，我脖子上長的濕疹。

如果是濕疹的話……

我拍了一下手，說：「我試試看。」

說著，我跑回屋子裡，輕手輕腳地拿出媽媽的藥箱。夏天時用剩下的濕疹藥膏，還好好地躺在裡面。就是它了！無論是不是濕疹，先試試再說。

我拿著藥膏回到院子裡。

「擦上這種藥膏試試吧！」我對蚣蝮說。

蚣蝮想都沒想就點點頭，說：「只要能治好病，擦什麼都行啊！」

我爬到蚣蝮身上，擠出一截藥膏，一點一點地擦到他的後背上。

「要是會痛就說一聲。」

我像媽媽叮囑我一樣地叮囑蚣蝮。

蚣蝮瞇上眼睛，說：「不痛，不痛。不但不痛，還沙沙的很舒服呢！擦上就不癢了。真是好藥啊！」

這感覺和我夏天擦藥膏的感覺一樣，看來蚣蝮得的真的是濕疹。

我幫他擦完藥，從背上滑了下去。

「這個藥要連著擦三天，你的病才能好。你每天都在這個時候來找我好了。」

蚣蝮點了點頭：「那就麻煩妳了。」

「我就說，小雨一定有辦法。喵。」梨花在一旁說。

原來是她給蚣蝮出的主意啊！

回到床上，我不斷琢磨，居然連鎮水怪獸蚣蝮都來請我幫忙了，難道我的名字已經在怪獸界傳開了嗎？……想著想著，身體不知不覺地有些熱呼呼，陷入了溫柔的夢中。

第二天晚上，也是半夜的時候，蚣蝮又來了。

咚咚咚，窗戶被敲了三下。隔了一會兒，又敲了三下。

我爬起來，拿上藥膏跑到院子裡。

「今天感覺怎麼樣？」

「舒服多了。」他回答，「這麼好的藥，就是天上的神仙那裡也沒有啊！」

我爬上他的背，一邊擦藥膏一邊說：「今天我也有點事情想請你幫忙。」

「妳幫了我這麼大的忙，有什麼事情就儘管說吧！」他閉著眼睛回答。

「一會兒擦完藥膏後，你能不能再吹響柱頭一次？」

「妳是說警報的那個柱頭？」

我點點頭：「沒錯，沒錯，就是你來故宮那天吹響的那個。」

「可以是可以，但是為什麼呢？」他好奇地歪過頭。

事情是這樣的：今天吃晚飯的時候，媽媽對我說，明天警衛長想找楊永樂談談。

「為什麼？」我睜大了眼睛。

「因為那天晚上惡作劇的事情。」媽媽說。

「你們懷疑是楊永樂幹的？」我一下子跳了起來。

媽媽沒說話。

我氣得渾身發抖：「那不是楊永樂的惡作劇，這不公平。」

「只是找他問問情況，並沒說一定就是他幹的。」媽媽小聲地解釋。

「當然不是他！」

媽媽噗嗤一下笑了，說：「好了，別孩子氣了，好像妳知道是誰幹的一樣。」

我一下子愣住了，我當然知道是誰幹的，但是說出來有人會相信嗎？

整個晚上，我都像是熱鍋上的螞蟻，楊永樂自尊心那麼強，要是警衛長找到他，他還不被氣炸了？我絕不能看著楊永樂受委屈。這麼想著，我的腳就不由自主地朝著失物招領處走去。

楊永樂不在，失物招領處的人說，他今晚和他舅舅回家去了。

聽到這個消息，我突然有了主意！今晚讓怪獸蚣蝮再吹一次太和殿旁邊的柱頭不就行了？這樣就能證明不是楊永樂在惡作劇了。

蚣蝮聽了我的話，點了點頭。

「本來這件事也是因我而起的，不能讓妳的朋友替我受委屈。」

說著，他轉過身。

「這件事包在我身上了。」

回到熟睡的媽媽身邊，我不由得閉上了眼睛。

快響啊！快點響起來吧！

正這麼想著，那聲音，如圓號般的聲音真的就響起來了。

「嗚……嗚……」

我握緊了兩隻手，戰戰兢兢地坐了起來。媽媽也被吵醒了，眼睛望著窗外。

「這到底是誰在惡作劇啊……」

「不知道啊！」我裝模作樣地說，「不過，我剛才去失物招領處，聽說楊永樂和他舅舅回家了。」

「那看來還真的不是他幹的。」媽媽的嘴裡嘟囔著。

第三天半夜的時候，蚣蝮又準時來了。

「事情解決了吧？」他問。

我一邊幫他擦藥膏一邊點頭，說：「解決了，解決了。警衛長也試了那根管子，費了好大的力氣才在柱頭的窟窿裡吹出一點聲。所以說，絕不是小孩子們幹的。」

「那就好，那就好。」

擦完藥，蚣蝮從他的耳朵裡拿出一個茶色的小布袋子。

「麻煩妳這麼久，這點東西妳就收下吧！」

說著，他就把小布袋子遞了過來。

「這怎麼好意思。」

雖然嘴裡這麼說，我還是接過了袋子。鎮水獸蚣蝮送的禮物，一定是好東西。

蚣蝮當天晚上就離開了，他說快到運河的枯水季了，他要回去照顧那些小魚、小蝦們。

回到屋子，我迫不及待地打開布袋子，從裡頭滾出來三顆漂亮的鵝卵石。

真好看啊！我心裡感嘆著，半透明的鵝卵石像白玉般的光滑。

我把它們捧到手心裡，仔細地看。一根頭髮不小心飄到了鵝卵石上，我撅起嘴輕輕一吹。

「嘩……」

響起了一個不可思議的聲音。

我心一緊，朝媽媽看去。可是媽媽紋絲不動，根本就沒有聽見這聲音。

我捧著鵝卵石跑到院子裡，這樣就不怕吵醒媽媽了。

淡淡的月光下，我又對著鵝卵石吹了口氣。

「嘩……」

這是水的和絃。就像是河水沖入大海時的聲音，涓涓的河水聲與洶湧的海水聲交叉在一起。一瞬間，我彷彿已經站在了海邊。

我又加了些力氣，吹了一下鵝卵石。

「叮鈴……叮鈴……」

就像是星星掉進海裡般的聲音，加入了進來。海水上的星空，純淨得沒有雜質的星空，彷彿就在我眼前了。

「真好聽啊！」我感嘆道。

鎮水獸蚣蝮的禮物，果然不是一般的禮物。這些鵝卵石一定在運河的入海口待了幾百年，才會發出這樣的聲音吧！

我開心極了，把三顆鵝卵石小心地放回小布袋子裡。明天元寶就要從警察局回來了，一定要拿給他和楊永樂聽聽看。

捌

箭亭裡的狐狸

秋天的黃昏短得就像閃電，不過就是一瞬間的事情。

我和元寶從建福宮花園出來的時候，太陽早已下山，周圍呈現出淡紫色。已經到了要去食堂吃飯的時間，但因為下午和楊永樂吃了巧克力派，我們倆的肚子都還不太餓。

「聽說箭亭後面的松樹林裡搬來了一窩狐狸，要不要去看看？」我問元寶。

元寶一下子睜大了眼睛，問：「狐狸？活的狐狸嗎？」

「當然是活的！」我瞪了他一眼。

他跳了起來，說：「我要去，我要去！我還沒見過活的狐狸呢！」

我裝作漫不經心地點點頭，實際上心裡激動得不得了。待在故宮裡這麼長時間，怪獸、神仙、野貓、警犬、刺蝟、黃鼠狼……見過不知道多少，但是昨天聽到梨花說又搬進來一窩狐狸的時候，仍然興奮得不行。

故宮的辦公區裡已經星星點點地亮起了燈火，在層層疊疊的屋簷下，微微地眨著眼。

出了景雲門，就是箭亭。箭亭旁邊有一片很寬敞的廣場，聽說，這裡曾經是皇帝們騎馬射箭的地方。後面有一片矮矮的松樹林，我小的時候，媽媽和她的同事們經常把自行車停在這片樹林裡。但是，前幾年，停車處拆了。沒有了自行車，這裡就成了小動物們經常出沒的地方。

我們轉到箭亭的後面。雖然名字叫作箭亭，但實際上它是一座獨立的大宮殿，四面都有紅色大柱子撐起的走廊。

剛轉到後面，我就愣住了。

這是怎麼回事？

眼前出現了一家商店，彷彿被風吹來的小販賣部一樣門面的商店，就在箭亭北面一扇菱花隔門的後面，店裡亮著橘黃色的燈。被那燈光照著，看到了「雜貨鋪」的招牌。

我眨眨眼睛，什麼時候這兒開了一家小販賣部呢？再仔細想一想，不對啊，箭亭裡面怎麼能開小販賣部呢？這可是寶貴的文物啊！

「喂！你看！」

我指給元寶看。

元寶歪著頭，說：「這家店怎麼感覺怪怪的。」

「要不要進去看看？」

元寶有點猶豫。

「裡面不會有什麼可怕的東西吧？」

就這樣商量著，兩個人已經走到了小販賣部的門前。

「歡迎光臨！」

商店裡傳出細細的、怪怪的聲音。

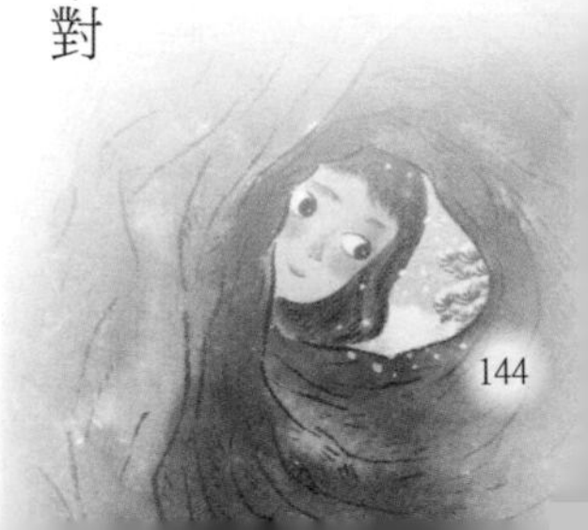

門「咔」地一聲開了，探出一張白白淨淨的臉，是一個十六七歲的女孩。

「請進來看看吧！」她親切地說。

我和元寶互相看了一眼，就跟著她走進店裡。

小販賣部雖然開在箭亭裡，但不是在大殿裡。只有小小的一個房間，看起來就像大院裡的門房。

箭亭裡居然也有門房啊？我心裡琢磨著，從來不知道，宮殿裡也會有門房一樣的房間。也許以前是給太監們看守宮殿的時候用的房間吧！我猜想。

店裡整齊地擺著兩張桌子，上面放的是柿餅、核桃、紅棗、蓮子……全都是放在綠油油的荷葉上。還有各種顏色的、小方塊形狀的小點心，被裝在桃木做的小木盒裡。桌子的旁邊，還站著一個滿臉微笑的小男孩。兩個人長得可真像，一看就知道他是女孩的弟弟。

「呵！這麼多好吃的。」元寶瞇起了眼睛。

「都非常的新鮮，紅棗、核桃這些都是今天下午才摘下來的。點心也都是傍晚的時候剛做好的。」小男孩介紹說。

「這是什麼做的？」元寶指著一盒粉紅色的小點心。

「這個是蓮子糕，裡面還放了荷花花瓣的汁。所以吃起來不但有蓮子的香味，還有荷花的甜香。我姐姐做這個最拿手了。」

姐姐還沒說話，弟弟就搶著說。

元寶聽了，舔了一下嘴唇，說：「這個多少錢？」

「錢是什麼？」弟弟愣愣地看著他。

姐姐看了，一把把弟弟拉到身後，連忙擺著手，說：「我們不要錢。」

「不要錢？」這回輪到我和元寶愣住了，不要錢，難道可以白拿嗎？

姐姐點點頭。

「我們不收錢。錢那種東西，對我們來說，一點用處也沒有。我們只收雞蛋、臘肉、魚乾，或者雞肉罐頭、魚肉罐頭這些能放在雪裡，一整個冬天都不會壞的食物。如果拿香腸、燒雞來換那就更好了。」

「妳是說，拿吃的來換吃的？」我有點不相信自己的耳朵。

姐姐連連點頭。

「沒錯，沒錯。就是以物易物。」

這我們可為難了，誰會隨身帶著肉罐頭、雞蛋、燒雞這些東西呢？

「可是，今天沒有帶啊……」元寶說，他手裡拿著香氣撲鼻的蓮子糕，怎麼也不肯放下。

姐姐瞇著眼睛一笑。

「沒關係，沒關係。今天把點心拿走，明天再送東西來也行啊！」

「這樣好嗎？」元寶自己都有點不好意思了。

「可以的。」弟弟說，「這些天，我們每天天黑後都會營業。」

「那太好了！」元寶一把將點心盒抱到懷裡，說，「明天我一定帶雞蛋和肉罐頭來。」

姐姐和弟弟都挺高興地點點頭。

從小販賣部出來以後，月亮已經升起來了。真沒想到，我們居然在這裡待了那麼長的時間。我們兩個人的肚子都「咕嚕嚕」地響了起來，也顧不了去松樹林裡看狐狸了，急急忙忙地就向食堂跑去。再晚一點的話，食堂就要關門了。

第二天下午，我們就把蓮子糕和楊永樂分享了。蓮子糕酥軟極了，一股

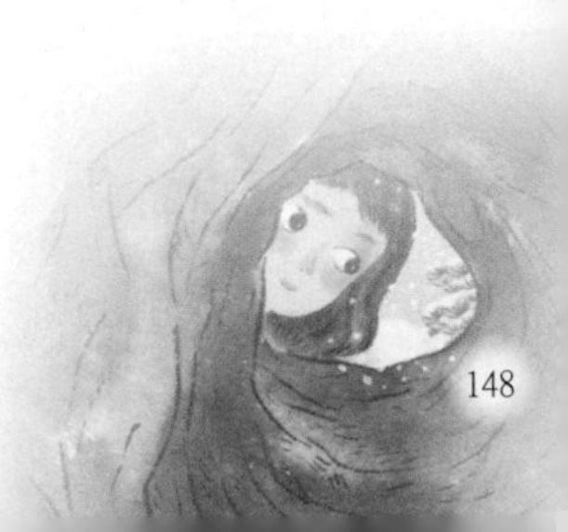

香氣撲鼻，怎麼這麼好吃啊……我想起那個女孩的手，白皙的、一看就很靈巧的雙手。只有這樣的手才能做出這麼好吃的點心吧！

吃完蓮子糕，我們去超市買了整盒的雞蛋和沙丁魚罐頭。心裡盤算著，今天晚上，再換點好吃的回來。

天剛黑，我們就朝著箭亭出發了。今天陰天，烏雲蓋住了月亮，微暗之中，只有小販賣部的燈亮著。

我們推門進去，就聽見一個女人的聲音：「哎呀，有客人來了。」

一個長得和善的女人站在當成貨架的桌子旁，那對姐弟就圍在她身邊。

這是媽媽吧？我想。

「我們送東西來了！」

元寶「砰」地一下把裝食品的塑膠袋放到桌子上。

「哇！媽媽您看，是雞蛋和沙丁魚！」

弟弟高興得手舞足蹈。

媽媽十分客氣地說：「聽說你們昨天只買了一盒點心，就送了這麼多吃的，太不好意思了。要不再挑點東西吧？」

說著，她讓開身體，把桌子上的東西指給我們看。

昨天的柿餅、核桃、點心這類東西已經都不見了。桌子上擺的有用菊花穿成的項鍊和手鍊，用金桂的枝條做的花環，用柏樹種子做的耳環，用松果做的風鈴……無論是哪一個，都漂亮極了。

我吃驚地問：「不是賣食品的商店嗎？怎麼又開始賣飾品了？」

媽媽清晰地說：「也沒固定要賣什麼，就是每天做了什麼，就賣什麼。」

「哦。」我佩服極了，他們會做的東西可真多。

「這串菊花項鍊是早上才做的，因為沾了露水，能保持好幾天不枯萎。」

她拿起項鍊問我：「要不要戴戴看？」

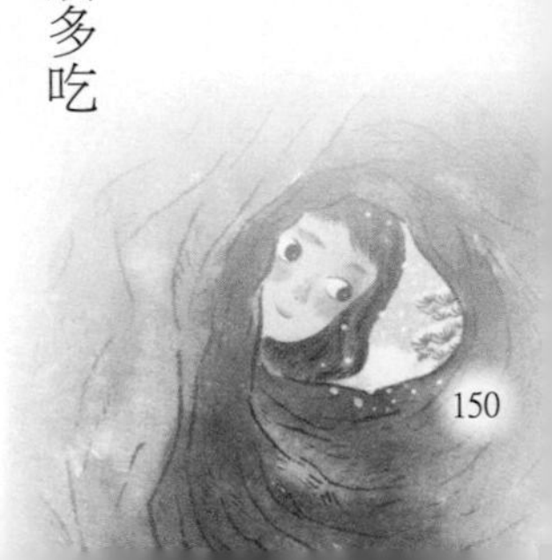

「好，好啊！」

綠色小雛菊做的項鍊，實在太好看了，我的眼睛都離不開了。

媽媽高興地把項鍊戴在我的脖子上。

「看那裡，看那裡。」她指著玻璃窗說。

玻璃窗映著屋子裡的燈光，變成了鏡子。

我看著玻璃窗裡自己的影子，戴上雛菊項鍊，我都像一朵盛開的雛菊那麼漂亮了。我的臉一下子漲紅了，原來自己還有這麼漂亮的時候。

連旁邊看著我的元寶都露出了驚訝的表情。

那對姐弟更是拍起了手掌，「變漂亮了，變漂亮了。」

「項鍊……要什麼東西才能換呢？」我小聲地問，「香腸、臘肉、燒雞什麼都行。」

姐弟的媽媽說：「不用了，今天帶來的東西足夠了。」

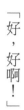

「真的嗎？」

這麼好的項鍊……

她點點頭：「真的，真的。」

我高興極了，真的是拿到寶貝了。

「這裡還會賣吃的嗎？」元寶不甘心地問。

「也許還會吧！不過要看我們明天的心情。如果明天睡醒了，想做點心，晚上就會賣點心。」媽媽回答。

我們與姐弟和他們的媽媽告別，就走出了小販賣部。

我戴著小雛菊做的項鍊，人都輕飄飄的，什麼松樹林裡的狐狸啊，早就拋到腦袋後面去了。

元寶也是，一心惦記著明天再帶些罐頭來換點心，早就不提去看狐狸的事了。

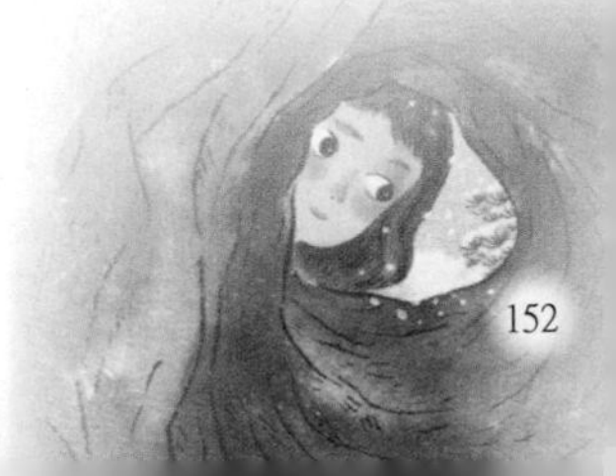

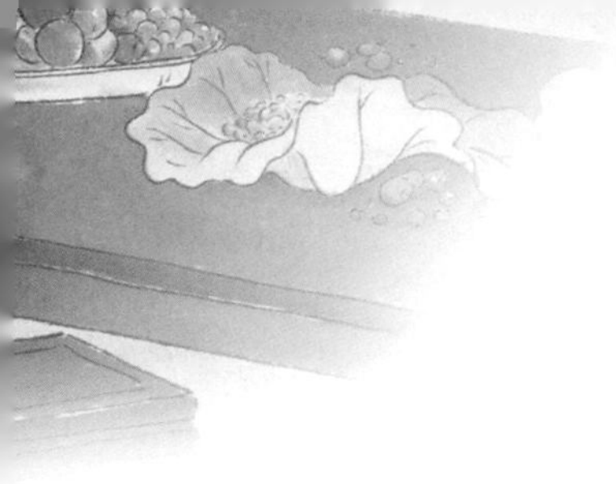

第二天一整天，我都戴著雛菊的項鍊。上學的時候，就藏在校服裡，一放學就把它露出來。這一天，我都覺得自己是一個雛菊般美麗的女孩。走在路上，看我的人都比平時多了。

那天晚上，我們又提著新買的香腸去箭亭的小販賣部換了不少炒栗子。栗子還是熱的，不但個頭大，而且比蜂蜜還甜。還沒走回媽媽的辦公室，栗子就被元寶吃了個精光。

到了第四天的早上，一睜眼，我就發現窗外的世界完全不一樣了。北京的頭一場雪，居然早早來臨了。

鵝毛般的大雪把地面啊、屋頂啊、紅牆啊都蓋得嚴嚴實實的。一下子，故宮就成了一片白色的世界。

「這個時候，要是能吃一碗熱呼呼的栗子餡元宵就好了。」

我自言自語地嘟囔，卻被媽媽聽到了。

「吃元宵要等到元宵節呢！」她說，「而且哪裡有栗子餡的元宵啊？妳又在做白日夢了。」

「呵呵，是啊！」

我笑了。媽媽不知道，這不是白日夢。昨天買炒栗子的時候，小販賣部的主人說了，今天晚上會做栗子餡的元宵呢！

一放學，我就在超市買了一整隻燒雞。下雪天，天黑得早，我到故宮的時候，天已經黑透了。元寶正守在門口等我呢！

「想了一天的栗子餡元宵了，咱們現在就去吧！」他說。

真是個嘴饞的傢伙！

我們踩著雪，一路小跑到箭亭。

可是，轉了好幾圈，我們也沒看到一丁點燈光，更別提小販賣部的門了。

無論怎麼轉，這裡都是黑壓壓的一片。豎起耳朵聽，也聽不到一點聲音。

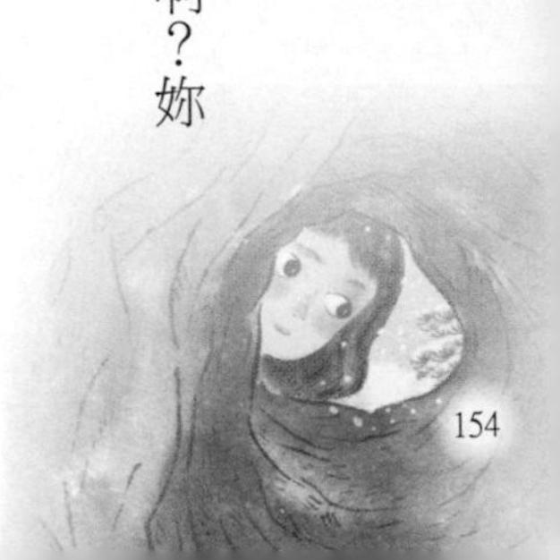

到底是怎麼回事呢？前幾天看到的，難道是做夢嗎？明明我的脖子上還戴著漂亮的雛菊項鍊，一整天都沒拿下來過。

後來，有好幾天，無論是白天還是晚上，我和元寶都會去箭亭看看。可是，那個小販賣部卻再也沒看到了。

我忍不住把這件奇怪的事情講給野貓梨花聽。梨花往暖氣邊上靠了靠。下雪後，每次到了吃飯的時候，她都會主動到媽媽辦公室裡找我。她說，在暖氣邊吃罐頭比在雪地裡吃舒服多了。

「箭亭裡怎麼會大半夜的開起小販賣部？」梨花說，「那應該是狐狸的買賣吧！喵。」

「狐狸開的？怎麼可能？」我大叫起來，狐狸怎麼會做點心？還會做那麼漂亮的首飾？

「狐狸開商店的事情可是經常發生的。怎麼說狐狸也是最聰明的動物，沒什麼不可能的。」梨花說，「說不定就是松樹林裡剛搬來的狐狸開的。因為剛剛搬家，冬天裡沒儲存足夠的食物，於是就想出開商店的辦法來了。喵。」

我開始相信梨花的話了。是啊！要是人的話，誰會那麼晚在那麼偏僻的地方開商店呢？而且消失的時候還無影無蹤的，這應該就是狐狸的魔法吧！狐狸媽媽帶著自己的兩個孩子，憑著手藝儲存過冬的食物。

我嘆了口氣，沒想到自己居然吃了狐狸做的點心，還戴了狐狸做的項鍊。

「妳知道那窩狐狸在哪兒嗎？」我問梨花。

梨花點點頭，說：「故宮裡，哪兒有我不知道的事情。那還真是個漂亮的狐狸洞。喵。」

「帶我去看看怎麼樣？」

「啊？」梨花睜大眼睛，「妳去那種地方幹什麼？喵。」

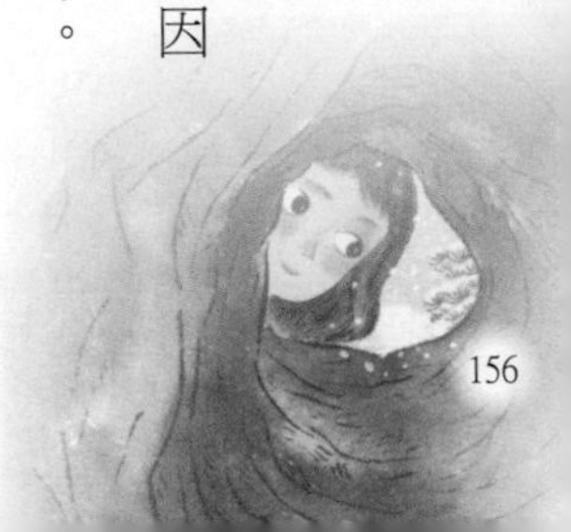

「想去拜訪一下。」

「拜訪狐狸?這種怪念頭，我看妳還是算了吧!喵。」

「哼!」我歪著頭，說，「我就知道妳根本就不知道他們住哪兒。」

「誰說的!」梨花一下子就跳到了門口，說，「現在我就帶妳去。喵。」

我跟在梨花身後，厚厚的雪上，印下了梨花一串梅花般的小腳印。箭亭後的松樹林也被雪覆蓋了，雪太重，壓得樹枝「吱吱」直響。梨花一直帶我走到最粗大的一棵松樹旁邊，指著一個圓圓的大樹洞說：「就是這裡了。」

我蹲下來，撥開樹洞口堆積的白雪。樹洞已經被泥封住了，只留了幾個呼吸的小孔。泥牆上掛著一個小得不能再小的木牌，上面寫著：

「下雪了，太冷了。過冬的食物已經夠吃了。商店過一陣子再開吧!」

我嘆了口氣，看來最近是吃不到栗子餡元宵了。

我從背包裡拿出已經買好的燒雞，放到了樹洞門口。無論如何，希望狐狸一家能舒舒服服地過個冬天。

雛菊項鍊一個星期後就枯萎了，我把它夾在字典裡。每次看到它，就會想起像盛開的雛菊一樣美麗的自己。

玖

大偵探朝天吼

故宮裡發生搶劫案。

這是幾百年來從沒有過的事情，神仙們、怪獸們、動物們一下子亂了方寸。

被搶的是怪獸霸下，長著龍頭、烏龜身體的霸下是故宮裡出了名的老好人，無論對誰都是一張特別和善的臉，天天馱著重重的石碑也沒有怨言。

可是，就在那個沒有月亮的晚上，霸下從 ATM 提款機裡取東西，不小心把東西掉到了地上。

就在這個時候，不知道從哪裡竄出一個黑色的影子，飛快地朝齋宮的方向逃去。他是怎麼撿起東西的，是叼在嘴裡還是拿在手裡，霸下都沒看清楚。

但是，霸下掉在地上的東西卻不翼而飛了！

故宮鐘錶館門口的 ATM 提款機，上面寫著「中國工商銀行」六個紅字，白天是人們領錢用的正常提款機。一到了晚上，就變成了神仙、怪獸和動物

們專用的提款機。

神仙、怪獸和動物們會把自己不方便帶在身上的寶貝放進放鈔票的小盒子，然後輸入密碼，再在刷卡的地方按一下手印，「咔」的一聲小盒子關上，寶貝就被存進吉獸銀行了。等到需要用的時候，再憑密碼和手印把東西取出來，是非常方便的一件事。

至於吉獸銀行是誰開的，這可是個連《故宮怪獸談》的八卦記者野貓梨花都不知道的祕密。曾經有人說是龍偷偷開的，也有人說是王母娘娘開的……但都只是傳說而已。

吉獸銀行非常守信用，存進去的東西，無論多久，取的時候總是被保存得好好的。所以，在故宮裡非常受歡迎。

霸下到底丟了什麼？他怎麼也不肯說，只說是個圓圓的、白色的、比雞蛋小一點點的東西。

他一動也不動地趴在鐘錶館的臺階前，身上的龜殼和地面是一樣的灰色，看起來彷彿是地面的延續似的。就算氣得快發瘋了，他仍然是一臉和善的模樣。

他身邊是愁眉苦臉的怪獸斗牛。和往常一樣，故宮裡一出麻煩事，龍就躲起來了，只有他的祕書斗牛出面處理。

「提款機不都有監視錄影器嗎？我去找銀行要錄影好了！」我自告奮勇地說。

斗牛搖搖頭，說：「為了不讓人類知道我們的祕密，一到晚上，監視錄影器就會被吉獸銀行關掉。」

「那吉獸銀行有自己的監視錄影器嗎？」我接著問。

「怪獸誰會用那玩意兒？」斗牛說，「而且吉獸銀行的宣傳語就是『百分之百為顧客保守祕密』，裝了監視錄影器的話，難保哪天錄影會被傳出去，

所以還是不裝監視錄影器更安全。」

我點點頭，不過這件事無論怎麼想，吉獸銀行也應該有責任吧！

「霸下，你有沒有想過找銀行問問呢？」

霸下重重地嘆了一口氣，慢吞吞地搖了搖頭。

真是個老實的怪獸，我心裡想，要是故宮裡有怪獸警察局就好了，這樣只要報案，就會有員警去幫忙調查，可省事多了。

正這麼想著，就看見月光下一大一小，兩個身影正向鐘錶館的方向走來。

「哈囉，大家都在啊！喵。」

野貓梨花扭著屁股走到我們面前。她的身後跟著一個神氣的大怪獸，他長得像龍，又像獅子。他的眼睛發著光，頭上戴著高高的禮帽，和電視裡福爾摩斯戴的禮帽差不多。

「讓我隆重介紹一下……」

沒等梨花說完，斗牛就大聲叫了起來：「朝天吼！您怎麼來了？」

怪獸朝天吼輕輕推了一下頭上的禮帽，露出了尖尖的犄角。

「斗牛大人，好久不見。」

斗牛很嚴肅地還了禮。

「是啊，每年中元節，都多虧您幫忙。不知道今天來是不是為了搶劫案的事？」

朝天吼點點頭，說：「是吉獸銀行請我來調查一下，銀行認為，這件事出在他們的 ATM 提款機前面，他們也有責任。」

「這件事您能來幫助調查就太好了！」斗牛由衷地說，「我們正在為這件事情發愁呢！吉獸銀行果然是有實力，能把您這位大偵探請來。」

朝天吼微微一笑，說：「哪裡，哪裡。故宮裡發生這麼嚴重的事情，我本來也應該出面的。」

「這位就是霸下，也是丟東西的失主。」斗牛十分禮貌地為朝天吼介紹，「這位是李小雨，經常幫我們忙的女孩，想必您也聽說過。」

朝天吼目不轉睛地看著我，然後靜靜地說：「是的，早就聽說過故宮裡有個熱心的女孩。您好，李小雨。」

我愣愣地看著朝天吼，居然不知道該怎麼回答了。

還是小孩子的時候，我就知道故宮的華表上蹲著個叫朝天吼的怪獸。他的兩隻眼睛望著天，可以知道天的旨意，大大的嘴巴經常會對天吼叫，向上天訴說人們的願望。可是，華表太高了，無論是站在遠處看，還是跳起來看，我都看不到朝天吼長什麼模樣。但是，今天他居然活生生地站在我面前了。

「您……好……」

好不容易，我才出了聲。

「朝天吼先生是故宮裡有名的大偵探。每年中元節假期過後，總會有些神仙和怪獸不願意回來上班，每次都是朝天吼幫我把他們帶回來。」斗牛熱心地介紹著。

這件事我也聽說過，有的神仙是忘了時間，有的怪獸則是龍歸大海，想著逃跑。今年吻獸就沒準時在中元節後回來，結果是一位大偵探在印度洋裡逮住了他。聽說，那時候他正躲在一塊火山礁石的後面。

那位厲害的偵探原來就是朝天吼啊！我驚訝得縮了一下肩膀。

朝天吼抬頭望了一眼蛋黃顏色的月亮，說：「時間不早了，我們趕緊開始吧！」

說著，他走到ATM提款機前面，蹲下來仔細觀察著周圍的地形。緊接著，他從口袋裡掏出一塊懷錶，一邊在提款機裡輸入密碼和指紋，一邊計時。

提款機放鈔票的小盒子「咔」地一聲打開了，他往裡面望了望，卻什麼也沒拿出來，而是原封不動地把東西又存了進去。這樣的事情，他連續做了

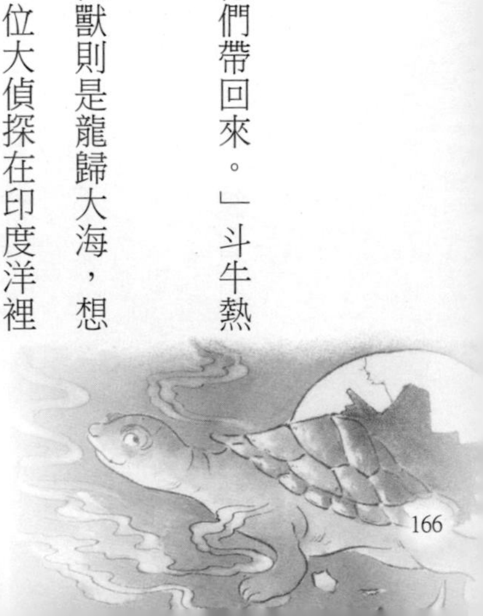

好幾遍。

「好了，霸下先生，我想我們得談談。」他走回來說。

霸下沒精神地看了他一眼，點了點頭。

「能不能告訴我您丟了什麼？」朝天吼問。

「這個……不能說。」霸下為難地回答。

朝天吼卻一點也不在意的樣子，接著問：「什麼樣子呢？」

「圓圓的、比雞蛋小一點、白色的球。」

「那個搶您東西的影子，看清楚是什麼顏色嗎？」

霸下搖搖頭，說：「那天月亮被烏雲遮住了，實在是太黑了，只感覺是個毛茸茸的東西。」

「毛茸茸的……」朝天吼若有所思地重複著，接著問，「您沒有追過去嗎？」

「追了幾步，可是他跑得可真快！像一個毛茸茸的球一樣滾了過去。」霸下嘟嘟囔囔地說，「我最不擅長跑步了……」

朝天吼點點頭。

他回到提款機前面，趴在地上認真地找了起來，地上找完，又去旁邊的草叢和松樹後面找。終於，他從松樹的樹皮上拿下了一簇茶色的毛。他對著月光仔細看了看那簇不知道哪裡來的毛，然後把它們夾在懷錶的蓋子裡。

「好了，我大概瞭解了。」他點點頭，緊接著對斗牛說，「能不能麻煩您把故宮裡的黃鼠狼都召集起來。」

「黃鼠狼？」斗牛吃驚極了，問，「您的意思是，這是黃鼠狼幹的？」

「還不確定，但是總要問問。」朝天吼認真地說。

這時候，野貓梨花跳了出來。

「召集黃鼠狼哪裡還用得著斗牛大人，我來就行了。」她說，「讓野貓

們去通知黃鼠狼，保證一隻都不會漏掉。喵。」

「那就辛苦妳了！」朝天吼說，「要越快越好，一定要趕在天亮之前。」

「沒問題。喵。」梨花回答。但她可不是一隻好對付的野貓。果然，她說：「不過，您要答應讓我的《故宮怪獸談》報導調查的全部過程，這樣的大新聞，可是很難遇到的。」

朝天吼點點頭，說：「就這樣決定了。」

「您就看我的吧！喵。」

一邊說著，梨花跳著跑開了。

不過是一個多小時的時間，幾十隻黃鼠狼就在野貓們的催促下，在奉先殿的廣場上集合了。他們有的肥碩，有的瘦長，有的眼睛閃閃發光，有的卻是一副沒睡醒的樣子。就連一群黃鼠狼寶寶，都跟著他們的媽媽來了。

「大半夜的到底要幹什麼啊？」

「野貓就是討厭，什麼時候都耍威風……」

「到底有多重要的事情啊？」

「不會是野貓們今天要舉辦黃鼠狼餐會吧……」

「咦？還有怪獸在？不會是怪獸們想換口味吧？」

黃鼠狼們七嘴八舌地議論著。

我可算開了眼界，真沒想到，故宮裡居然住著這麼多隻黃鼠狼。怎麼平時都很少見到他們的身影呢？

朝天吼站到奉先殿的臺階上，很有威嚴地說：「請大家安靜，今天晚上請各位來這裡，是想請你們幫忙調查故宮裡發生的搶劫案。」

「搶劫案？」黃鼠狼們驚呼起來。

一下子廣場上更熱鬧了。

「搶劫案？有這種事？」

「我最近聽說過，搶劫的是怪獸呢！」

「不會懷疑是我們黃鼠狼幹的吧？」

「哪隻黃鼠狼敢搶劫怪獸呢？」

……

「請安靜！」

不愧是朝天吼，一個人的聲音就壓住了所有黃鼠狼的聲音。

黃鼠狼們都乖乖地閉上了嘴巴。

朝天吼從懷錶裡拿出那簇茶色的毛。

「這是搶劫案發生時，留在現場的毛。希望各位能一隻隻過來比對一下，如果毛的顏色不一樣，就可以離開回去睡覺了。」

我睜大了眼睛，可是黃鼠狼皮毛的顏色看起來都差不多啊！黃鼠狼們似乎沒想這麼多，一隻隻乖乖地走上臺階，任由朝天吼拿著那簇毛比對顏色。

我往前走了幾步，藉著明亮的月光仔細地看。果然，雖然表面上看，黃鼠狼們皮毛的顏色都差不多，可是和那簇毛比起來，有的顏色深一點，有的顏色淺一點，多少還是不一樣的。

比對了還不到一半，就有一隻黃鼠狼突然逃跑了！他擺著蓬鬆的金黃色尾巴，流星似地逃竄。

跑得可真快！幾隻野貓跑去追，都沒有追上。

眼看著他就要消失在奉先殿後面了，朝天吼一下子躥了出去，巨大的身體發出「咻咻」的聲音，像風一樣。

沒多久，朝天吼就叼著那隻「哎呦、哎呦」直叫的黃鼠狼從奉天殿後面

走了回來。

他把那隻黃鼠狼扔到臺階上，用一隻腳按住，拿出那簇茶色的毛來，認真地比對。果然，這隻黃鼠狼皮毛的顏色和那簇毛的顏色一點都不差！

「其他的黃鼠狼可以離開了，辛苦各位。」朝天吼說。

雖然他那麼說，卻沒有一隻黃鼠狼離開，大家都緊緊地盯著臺階上那隻茶色的黃鼠狼。

「就是你吧?那天搶劫霸下的人。」朝天吼不客氣地說。

「我才沒有搶劫！」那隻黃鼠狼跳了起來，理直氣壯地說，「明明是那隻大烏龜先偷了我的東西！」

「你說霸下偷了你的東西？」朝天吼皺起了眉頭。

「對！我好不容易從廚房偷出來的雞蛋，一轉眼就沒了。找的時候，就看見這隻大烏龜正把我的雞蛋掉到了地上，幸好沒摔破！」黃鼠狼大聲說，

「我知道自己打不過他，所以就搶先一步把我的雞蛋拿走了。黃鼠狼偷吃人類的東西，我們祖祖輩輩不都是這樣過的嗎？所以，我偷來的東西就是我的，我把我的東西從他那裡拿回來，難道不對嗎？」

廣場上的黃鼠狼們聽了他的話，都大聲喊起口號來：「是對的！是對的！」

這下輪到朝天吼為難了，他對著霸下說：「這時候，你怎麼也該說句話了吧？你丟的白色的、圓圓的東西難道真的是雞蛋嗎？」

霸下慢悠悠地搖搖頭，嘆了一口氣說：「雞蛋摔到地上怎麼會摔不破呢？那是海龜蛋啊！」

這下輪到黃鼠狼吃驚了。

「海龜蛋？」

霸下抬起頭，有點不好意思地說：「中元節度假的時候，我去了南海。

在那裡的一座小島上，碰到孵蛋的海龜。看到和自己樣子差不多的動物，總會有一種親切感，再加上故宮裡的生活太寂寞了，就和海龜商量了一下，帶了一顆海龜蛋回來。可是，海龜孵化要七十天，總是這樣帶在身上，我怕把它弄破了，就存進了吉獸銀行。結果，昨天晚上想看看孵化得怎麼樣了，就被你……」

「是……海龜蛋嗎？」黃鼠狼的嘴巴張得超大。

「那顆蛋不會已經被你吃掉了吧？」朝天吼問他。

「本來昨天是想吃掉的，可是因為聽到搶劫的事就沒有……」黃鼠狼乖乖地回答。

「那就拿出來看看，不就知道了？海龜蛋和雞蛋總應該有差別。」

黃鼠狼點點頭，轉身就往陶藝館的方向跑去。果然，這真是隻跑得飛快的黃鼠狼。沒過多久，他就叼著一顆圓圓的蛋跑了回來。

黃鼠狼輕輕地把蛋放到地上，大家「呼啦啦」地一下子都圍了過去。

「這看起來就像顆雞蛋。」一隻小個子的黃鼠狼舔了一下嘴唇。

「是顆柴雞蛋吧！那麼小？」野貓小藍眼說。

「好像比雞蛋圓，應該是海龜蛋。」

「雞蛋也有圓一點的……」

……

雖然討論得很熱烈，但畢竟除了霸下以外，誰也沒見過海龜蛋。

這可怎麼辦呢？

朝天吼沉思了一會兒。

「只有一個辦法了。」他說，「把這顆蛋孵出來，看看孵出來的是小雞還是海龜。」

霸下、斗牛還有所有的黃鼠狼和野貓們都愣住了。孵蛋這件事，他們之

中可沒有一個人會啊！

「誰來孵呢？喵。」野貓梨花問，「要不要請烏鴉幫忙？」

「烏鴉最愛吃雞蛋了！」一隻胖嘟嘟的黃鼠狼說。

「鴿子也不行！現在的鳥連自己的蛋都不會孵。」另一隻黃鼠狼說。

「那誰來孵呢？」

朝天吼想了一下，對茶色的黃鼠狼說：「這件事還是由你來做吧！」

茶色的黃鼠狼嘟嘟囔囔地說：「蛋倒吃過不少，孵蛋還從來沒幹過。」

「你的皮毛乾燥、柔軟，又有溫度，應該能孵出來。」朝天吼說，「而且，想弄清楚這件事的話，只能這樣了。」

黃鼠狼想了一下，咬了咬牙說：「為了證明自己的清白，就把蛋留在我這裡試試看吧！」

就這樣，茶色的黃鼠狼帶著蛋回去了。

接下來的一個星期，我每天都和梨花打聽黃鼠狼孵蛋的消息。

「聽說孵得很認真，每天都趴在蛋上。喵。」梨花說，「不過那顆蛋好像還沒什麼動靜。」

「會不會孵不出來呢？」我有點擔心，可不是每顆蛋都能孵出小雞或者小海龜來的。

「誰知道呢?喵。」梨花搖搖頭。

就這樣又過了一星期。星期三的深夜，枕頭旁邊的窗戶響起了「咚咚」的聲音。我一骨碌爬起來，打開窗戶。

是梨花！

「蛋孵出來了!喵。」她說。

「真的？」

我穿上媽媽的大羽絨衣，急匆匆地跟著梨花往奉先殿跑。

清冷的月光下，那裡已經圍滿了黃鼠狼和野貓，怪獸霸下、斗牛、朝天吼像巨人一樣地站在他們中間。大家都彎著腰，低頭看著茶色黃鼠狼手裡捧著的一隻灰色的小海龜。他頂多有一個乒乓球那麼大，正睜著一對閃亮的小眼睛，伸長了脖子，看著周圍的一切。

「是我弄錯了！」黃鼠狼耷拉著腦袋，說，「給霸下和大家帶來這麼多麻煩，真是抱歉！」

「雖然這樣說，但是要不是你幫忙，我的小海龜也不會這麼順利孵出來。」霸下說，

「所以，還是要謝謝你！」

「既然雙方已經和解，那這樁搶劫案就這樣結案吧！」朝天吼鬆了一口氣，對黃鼠狼說，「不過，這樣的事情可不要發生第二次了。」

「是，絕不會再幹第二次了。無論什麼事，都會當面和別人講清楚，不會再魯莽行事了。」

茶色黃鼠狼把小海龜鄭重地交給霸下，說：「孵了這麼久，都有感情了，希望以後我還能去看看他。」

「隨時都可以來！」霸下高興地說，「這樣我也能多個伴說說話。」

不知不覺，月亮已經升到半空中了，鐘錶館前的 ATM 提款機卻還亮著燈。

拾

雪神的玩笑

中午的時候，窗外就紛紛揚揚地下起雪來了，是乾燥的細雪，順著風轉著圈兒地飄下來。一看到這景象，元寶就再也待不住了。

「玩雪去嘍！」

午飯都還沒吃完，元寶就穿著羽絨衣跑了出去。上海來的男孩子，長這麼大也沒見過幾次雪。

我往被窩裡縮了縮，這種天氣，又是週末，不好好睡個午覺就太浪費了。何況，我剛剛做了一個美夢，夢裡的自己穿著藍色的絲綢裙子，在大海裡跳舞。如果把夢接著做下去，就能看見和我一起跳舞的王子了吧……

夢還沒做完，媽媽卻「呼啦」一聲推門跑了進來。

「元寶呢？」她急急忙忙地問。

「出去玩雪了……」

我懶洋洋地伸了個懶腰。

「不是中午就出去了嗎？怎麼還沒回來？」媽媽皺了皺眉頭，說，「剛才警察局來電話，他的爸爸、媽媽今天晚上就要來故宮接他了。」

「啊！」

我「呼」地一聲從床上坐起來。元寶就要回家了？這麼一想，心裡不由得難受起來。我已經習慣元寶像弟弟一樣陪在身邊的日子了。

「快去幫我把元寶找回來吧！」媽媽在一旁催促著我，「就要見父母了，怎麼也要好好地讓他洗一洗。玩雪要是把衣服玩髒了，還要換身新的。要做的事情還多著呢！」

我點點頭，披上外套跑了出去。

院子裡沒有，薄薄一層白細的雪上，只有元寶跑出去時的腳印，和媽媽來時的腳印。

準是去找楊永樂了！我想，元寶這孩子可是一分鐘都忍受不了孤獨的。

這樣想著，我就往儲秀宮跑去。故宮今天下午休館，紅牆下映著剛剛落下的新雪，安靜極了。

跑進失物招領處，楊永樂正在黑色的櫃檯上做作業。

「喂，元寶來找你了嗎？」我問。

他搖搖頭：「沒看見他啊！」

「嗯？」我非常納悶，這孩子跑到哪兒去了呢？

「元寶不見了嗎？」楊永樂合上作業本。

「可不是，中午說去玩雪就不見人影了。我媽媽急著找他，說他的爸爸、媽媽晚上要來接他。」

「元寶要回家了？」

楊永樂一下子站了起來，看得出他和我一樣的難過。這幾個星期，我們都是把元寶當作弟弟一樣的照顧。可是，今天他就要回到遙遠的家鄉去了。

「和我一起去找他吧！」

我拉著楊永樂一起跑出失物招領處，無論怎麼難過，我們都要先找到元寶才行。

哪裡都沒有。

太和殿廣場沒有，御花園沒有，建福宮花園沒有，慈寧宮花園也沒有……凡是我們能想得到的地方，都團團轉地找了個遍。可是，連元寶的影子都沒看見。

太陽已經偏西了。算一算，元寶說去玩雪已經是幾個小時以前的事情了。我開始有些焦躁不安，元寶不會是出什麼事了吧？一這麼想，我就渾身發抖。

「不行！我們不能這麼找。」

我和楊永樂都已經跑得滿頭大汗，再也跑不動了。

「我們找人來幫忙吧？」楊永樂喘著粗氣說。

「對！找野貓們，他們肯定能找到。」
一邊說，我一邊往珍寶館跑，楊永樂在後面緊追。
野貓梨花正在院子裡追著雪花跑。
我大聲招呼道：「妳看見元寶了嗎？」
院子裡除了幾隻躲在暖爐邊的野貓外，靜悄悄的，沒有一點人影的樣子。
果然，梨花說：「沒有。喵。」
「怪了！」我皺起眉頭，「他能到哪裡去呢？」
「我去幫妳打聽打聽吧！喵。」
說著，梨花對著野貓們使了個眼色。
野貓們排成一列，匆匆跑了出去。
我和楊永樂在門口坐下來，誰都不說話，也顧不了已經凍紅的手指。
不知道過了多久，還沒有野貓們的影子。黃昏了，周圍的一切變得昏暗

起來。

「不對勁啊！」

我站了起來。

「野貓們怎麼會找這麼久啊！」

楊永樂也點頭稱是。

就在這時候，白色的雪地上，遠遠地出現了一個雪球般的影子。

是梨花！但怎麼只有她一個？

「沒找到嗎？」我焦急地問。

梨花搖搖頭，說：「出事了！有貓看見元寶跟著滕六跑了。喵。」

我的心一下子揪了起來，問：「滕六是誰？人販子嗎？」

「是雪神。」楊永樂的眉頭鎖得緊緊的，說，「我從前聽姥姥講過一個傳說，下雪的時候，雪神滕六會出來騙貪玩的小孩，騙他們到雪國去，然後把他們變成雪花。但我沒想到這是真的！」

怎麼會有這麼可怕的傳說？我的眼睛睜得超大。

「這可怎麼辦？怎麼辦？」我急了。

梨花沉著地說：「去找怪獸們幫忙吧！能制伏雪神的，只有他們了。」

「可是現在天還沒完全黑，怪獸們會……」

「顧不了那麼多了，在元寶父母來之前，盡量多找些怪獸們幫忙！」楊永樂像下了什麼決心似地說。

「好吧！」我使勁地點點頭，沒有別的辦法了。

我們說好在御花園集合，就朝著不同方向飛奔去。

我運氣還不錯，還沒到太和殿就碰到了騎鳳仙人和斗牛。

「快！元寶被雪神滕六騙走了！」

離得還超遠，我就忍不住大叫。

騎鳳仙人和斗牛都愣了一下。

「滕六……」

騎鳳仙人嘴裡嘟囔了一下。

「你認識他？」我急著問。

「曾經一起喝過酒，算是有點交情。」他說，「不過，他這個騙小孩的惡習怎麼還沒改？」

「你知道他現在會在哪兒嗎？」

騎鳳仙人想了想，說：「天還沒黑透，他應該還在武英殿，那裡收藏著他的畫像《題雪壓梅竹圖》。他非常喜歡，每次來故宮都要看上好久，直到天黑得看不清了才會走。」

「太好了！」

我跳了起來。

「我們現在就去武英殿！」

但是我突然想起在御花園集合的事情。

「斗牛，麻煩你去把在御花園集合的梨花、楊永樂他們也都叫到武英殿來吧！對付雪神這麼強大的傢伙，越多人幫忙越好。」

斗牛點點頭。

太陽最後的光輝灑在武英殿前雪白的玉石欄杆上。我停止了呼吸，朝四下望去。

騎鳳仙人突然喊道：「那邊……」

朝他指的方向望去，武英殿前，一個小男孩正在那裡搓著雪球。

是元寶。怎麼就他一個人，沒看到什麼雪神啊？

不管怎麼樣，過去看看再說！

我又跑了起來。我擔心得要命，這時候，連雪花都令人覺得厭煩，吹到

臉上的風也令人覺得討厭。

剛跑到武英殿前，我就剎車一樣地站住了。

然後驚叫起來：「你是誰？」

就在雪白的白玉圍欄後面，站著一個融入雪裡的人。他穿著雪白的袍子，頭髮是雪白的，鬍子也是雪白的，如果不仔細看，根本發現不了，越下越大的雪中，還站著一個人。

「又來了一個小姑娘……」那個人的嘴裡嘟囔著，「要一起去雪國嗎？」說著，剛才還細小的雪，突然變成了大朵的雪花，飄落到我的頭上，是再棒的首飾店也做不出來的精美頭飾。飄到我的紅色羽絨衣上，變成了白色的花樣。

真漂亮啊……

一下子，我就把之前的事情忘得乾乾淨淨了，完全迷失在雪裡。怎麼覺得自己的身體好像輕飄飄地浮起來了似的，心裡更覺得快樂得不行了。

「喂！我說，來吃點火鍋吧！」

突然，這個聲音把我從如夢境般的場景中拉了出來，我又跌回到武英殿前的臺階上，腳趾都被凍僵了。

離我不遠的地方，元寶就站在那裡，儼然才從一個長長的夢中醒來，惺忪恍惚地站在那兒。

「快來啊！下雪天吃熱呼呼的火鍋可是最舒服的了！」那個聲音繼續招呼著。

我回過神來，朝那個聲音的方向望去。

不知什麼時候，武英殿前升起一簇火，上面放著一個大的銅火鍋，裡面的食物正「咕嘟咕嘟」地翻滾著，那香味非常誘人！我的喉嚨裡吞下了一口口水。

楊永樂、騎鳳仙人、斗牛、霸下、椒圖、天馬、行什、獅子，甚至還有雪神滕六都正圍著火鍋吃得正香。

每個人都喝了酒，雪神滕六似乎喝特別多，臉紅得不像話，眼神也迷離起來。

「你們也快來吃點吧！」騎鳳仙人招呼我們。

我們坐到火鍋旁，糊裡糊塗地吃了起來，無論是哪樣東西，在這個火鍋裡一煮就變得特別好吃。

騎鳳仙人遞給我和元寶一人一個酒杯，咕嘟咕嘟地斟上了酒。

「你們怎麼也要敬雪神一杯酒啊！」

舉起酒杯，我一下子明白了，他們是要把雪神滕六灌醉啊！灌醉了他，我們也就能脫身了。

我和雪神滕六乾杯，一仰頭就把一杯酒都喝進了肚子。是桂花酒，香噴噴的，喝到肚子裡，有一種玫瑰色的黎明到來了的感覺。

雪神已經喝醉了，手裡的筷子都夾不住東西了。又過了不久，他居然打起盹來，頭耷拉在胸前，口水都流出來了。

「喂，我說滕六，再喝一杯，再喝一杯啊……」行什推著他說。

就這麼輕輕一推，雪神滕六就倒在地上，大聲地打起了呼嚕。

騎鳳仙人輕輕一揮袖子，剛才還冒著熱氣的火鍋和火堆「呼」地一下消失了。

「回去吧！」

楊永樂拉拉我的袖子。

「元寶的父母應該快到了。」

我們和怪獸們告別，向辦公區跑去。

「怎麼就碰到雪神了呢？」

路上，我忍不住問元寶。

「玩著玩著，就看見他了。他說，我那麼喜歡雪，不如去雪國玩一趟。被他那麼一說，突然就有了一種想去遠方看看的慾望，然後就一直迷迷糊糊地跟著他走了。」他回答。

還沒跑進媽媽辦公室的院子，雪就停了。那麼大的雪，剛才還密密麻麻的雪花，突然一下子沒有任何徵兆地就停了。

媽媽辦公室已經亮起了燈光，在冰天雪地中暖洋洋的。因為不過是很小很小的一間房，從院子裡就能聽到裡面好多人正在聊天。我媽媽、警察局的員警、元寶的爸爸和媽媽都已經在裡面了吧！

眼看就要進門了，元寶卻突然站在院子裡不動了。我怎麼拉他，他也不願意再往前走一步。

「你爸爸、媽媽等著你呢！」我輕聲對他說。

他點點頭，卻還是站在那裡，彷彿在地上生了根似的。

「我還沒和你們告別呢！」他固執地說。

告別？我往後退了一步。對啊！這是我們告別的時刻了。

等元寶進去，他等在暖和屋子裡的父母，就要把他帶到很遠的南方去了，下次見面誰都不知道會是什麼時候了。

可是，怎麼告別呢？就那樣簡簡單單地說聲「元寶，再見」嗎？

剛才，還滿腦子都想著怎麼把元寶送回到他爸爸、媽媽身邊，但這一刻，

我卻想哭了。

就在我發愣的時候，楊永樂卻一把抱住了元寶，他的眼睛裡含著淚。

自稱是薩滿巫師的楊永樂，居然也哭了。

突然，無比的難過使得我胸痛，我從側面用胳膊摟住他們的脖子。和他們相處的場景一個個地浮現在我的眼前，黑暗太和殿裡的元寶，和楊永樂爭龍床的元寶，一起吃東西的樣子，他們的惡作劇……

宮殿傘形的屋頂，在明朗夜晚的天空下，投下淡淡的黑影。白色的雪一直蔓延到天邊，淹沒在墨色的烏雲後面。

元寶最終還是走進了媽媽明亮的辦公室，最終還是牽著他爸爸、媽媽的手離開了故宮。他不停地向我們揮手：「小雨，再見！楊永樂，再見！」

我和楊永樂目送著他的背影一點點走遠，一直到他坐進了一輛黃綠色的計程車，那輛計程車緩緩地離開了故宮大門，混進了擁擠的車流。

一個星期以後的午後，我收到了一份收件人寫著我名字的快遞。

這是一個包得很嚴實的小包裹，打開包裹一看，居然是兩張照片做的明信片和一個很高級的手電筒。

明信片上的合影是元寶走之前，他媽媽幫我們拍的，三個人都是一臉不知道是哭還是笑的表情。明信片的背後寫著這樣的話：

小雨：

我已經到上海了。媽媽答應我，明年夏天帶我去故宮看你們。手電筒送給妳，半夜出門的時候這種野外手電筒最好用了。我決定長大後不做宇航員了，我要來故宮工作，做文物保管員。

請幫我向野貓和怪獸們告別，走的時候太匆忙，沒能和他們說再見。

想念你們，想念故宮。有時間也來上海看我吧！

元寶

國家圖書館出版品預行編目(CIP)資料

故宮裡的大怪獸 3：睡龍床的男孩 / 常怡著； 么么鹿繪 .
-- 第一版 . -- 臺北市 ： 樂果文化出版 ： 紅螞蟻圖書發行，
2019.04
面 ； 公分 . --（ 小樂果 ； 13）
ISBN 978-986-97481-2-4（平裝）

859.6 108001455

小樂果 13

故宮裡的大怪獸 3：睡龍床的男孩

作者／常怡
繪圖者／么么鹿
總編輯／何南輝
行銷企劃／黃文秀
封面設計／引子設計
內頁設計／沙海潛行

出版／樂果文化事業有限公司
讀者服務專線／（02）2795-3656
劃撥帳號／50118837 號 樂果文化事業有限公司
印刷廠／卡樂彩色製版印刷有限公司
總經銷／紅螞蟻圖書有限公司
地址／台北市內湖區舊宗路二段121 巷19 號（紅螞蟻資訊大樓）
電話：（02）2795-3656
傳眞：（02）2795-4100

2019 年 4 月第一版 定價／ 250 元 ISBN 978-986-97481-2-4